庫

海鳴り

上

藤沢周平

文藝春秋

上巻◎目次

編集部より

本書に収録した作品のなかには、差別的表現あるいは差別的表現ととられかねない箇所が含まれています。が、著者は既に故人であり、作品が時代的な背景を踏まえていること、作品自体は差別を助長するようなものではないことなどに鑑み、原文のままとしました。

尚、本文中で、厳密には訂正も検討できる部分については、基本的に原文を尊重し、最低限の訂正にとどめました。明らかな誤植等につきましては、著作権者の了解のもと、改稿いたしました。

海鳴り　上

白い胸

一

料理茶屋井筒の玄関先は、ひとで混雑している。寄合いを終った紙問屋の主人たちが、一度に外に出て来たせいだった。

茶屋で呼んだ駕籠《かご》が、つぎつぎにひとを運んで去るその間にも、駕籠を待ちながら立ち話する者、あらためてほかに飲みに回る相談をする者、駕籠を待ちきれず、近くの船宿まで歩くつもりで門を出て行く者などで玄関先はごった返し、高声の別れの挨拶《あいさつ》や笑い声などが喧騒《けんそう》をかき立てる。

寒いせいで、駕籠の注文が多く、茶屋ではあわてているようだった。手配した駕籠では足りないとみて、外に走り出て行く男衆、駕籠まで客をみちびく女中などが右往左往し、ありがとう存じました、またおいでをとひっきりなしに呼びかける声がつづく。

小野屋新兵衛は、その喧騒から少しはなれた軒先で、駕籠の来るのを待っていた。来るときは船を使ったが、帰りは駕籠にするつもりだった。黒江橋のそばまで行けばなじみの船宿があって、すぐに船を仕立ててくれるだろうが、そこまで歩くのが億劫《おっくう》だった。酔いが残っていたし、日が落ちて寒くなっている。間もなく町は暗くなるだろう。

駕籠が来て、同業の男たちを運び去るのを、新兵衛はじっと眺めている。べつの駕籠屋も呼んだらしく、一時とぎれた駕籠がまた入って来ている。

見ていると、茶屋の者はさすがに心得ていて、同業のうちでも大店《おおだな》と呼ばれる店を構えている、景気のいい男たちを優先して駕籠に押しこんでいるのがわかった。采配《さいはい》を振っているのは井筒の番頭長四郎で、長四郎はさりげなくあたりに眼をくばりながら、巧みに客をさばいていた。長四郎は、眠そうな眼を持ち、馬のように長い顔にいつも疲れ切ったような表情をうかべている五十男だが、どうしてその眼くばりは、おどろくほど確かで抜け目ないようである。

──このぶんだと……。

わたしの番はまだ先だ、と新兵衛は思った。苦笑して眼を門の方に移した。

新兵衛は同業の間で中どころに数えられる商人だが、店は老舗《しにせ》でも、また老舗のわかれでもない。一代で店を持った、いわば新興の紙商人である。同業の仲間（組合）に入れてもらうためには、ずいぶん金も遣い、ひとに頭もさげた。

新兵衛は仲間うちに占めるそういう自分の位置をよく心得ていた。新参者である。決して出しゃばった真似はすまいと、日ごろ自分を戒めている。苦笑したのは、井筒の番頭の采配に不満があったわけではなく、ただ番頭のくたびれた顔つきにそぐわない、客さばきのソツのなさに笑いを誘われただけである。

ちょうど、肩を寄せ合った男女が、門を出て行くところだった。男は山科屋の跡とり、女は鶴来《つるき》屋のおかみだった。

山科屋は仲間うちでも一目おかれる老舗の大店で、主人の宗右衛門は、商いの手腕と温厚な人柄で信用されているが、いま門を出て行った息子の佐太郎は、あまり評判のよくない男だった。

息子といっても、佐太郎の齢《とし》は四十に近いはずである。新兵衛といくらも違わない。むろん女房子供がいて、商いの方も父親まさりという声があるのに、山科屋がいまだに店を息子にまかせようとしないのは、佐太郎に女沙汰が絶えないせいだと言われている。

そういう話を、新兵衛は店に出入りする仲買いの兼蔵に聞いたのだが、兼蔵は佐太郎の商い上手にもケチをつけた。

「大旦那は、損して得とれということが出来るおひとでね。なにしろ商いのやり方が大きいですよ。われわれのような者にも、時どき儲《もう》けさせてくれますからね。それにくらべて若旦那の方はきびし過ぎて……」

あれじゃやり方があくどいというものです、と兼蔵はきびしかった山科屋との取引の例を二、三あげた。

「佐太郎さんの代になったら、山科屋の商いも様変りしましょうな」

その程度のことは新兵衛も耳にしているが、佐太郎という男とは話したことはない。今日のような寄合いの席で、大店の跡とりにしては軽薄そうな身なりとか、物言う様子などを遠くから眺めるだけである。山科屋佐太郎は、新兵衛にはかかわりもなく、興味もない人間だった。

だが、女に手が早いといううわさがある佐太郎と、肩をならべて門を出て行った鶴来屋のおかみは知らない人間ではない。亭主の益吉とは、子供のころに同じ店に奉公したことがあり、いまも往き来する間柄である。むろんおかみとも顔馴染《かおなじ》みだった。

鶴来屋のおかみおたねは、今年はたしか四十になったはずだと、新兵衛は思ってみる。そんなふうに時どき胸の中でたしかめないとわからないほど、おたねはいつも若若しく見える。

きれいに化粧した肌には小皺《こじわ》ひとつなく、ふっくらと丸い顔には、笑うと童女めいた稚《おさな》い表情がうかぶ。おたねは齢をとらない女だった。その若さを裏切っているものがあるとすれば、それはここ数年の間に急に太りはじめた身体《からだ》だけだろう。厚い胸と厚い腰。そのやや太りすぎと思われる身体つきだけに、ただひとつ齢に相応した弛《し》緩《かん》した感じがあらわれていたが、おたね本人は、格別そのことを苦にしているようでもなかった。

おたねが大柄な童女というふうに、いつも若若しいのは、もともとが鶴来屋の家つき娘で、娘のころから気随気ままに過ごして来たからだろう。根っからの出好きで、若いころから常磐津《ときわず》の師匠や芝居の役者と浮名を流して来た女でもある。おたねは、家のことは店はもちろん台所のこともしない女だった。

おたねが鶴来屋の跡とりらしいことを何かしたとすれば、それは益吉という働き者の婿をもらい、子供を三人産んだということだけだろう。

益吉を婿にむかえたころ、おたねは遊び好きの本性を隠しておらしくしていた。そのうえ店のことには一切口出しせず、亭主にまかせきりにしたので、益吉はおたねほど御しやすい女房はいないと思ったようである。そして鶴来屋は、商いは小さいがむかしからの堅いとくい先を持つ店だった。

そのころ益吉は、新兵衛に会うと鼻をうごめかして言ったものである。

「おれは当てたよ。運がよかった」

挨拶がわりにそう言った。

「なにしろ婿の気遣いがいらない家だからな。おれはばりばり働くぜ。鶴来屋をもうひと身代、大きくするのだ」

子供も生まれるのだ、と益吉はこらえきれないような笑顔をむけ、あわれむように新兵衛を見て、あんたにもいい婿の口があるといいんだがと言ったのである。

だが子供を一人産むとすぐに、おたねは堰《せき》を切ったように遊びはじめた。毎日のように芝居見物だ、常磐津の稽古だと外を出歩き、やがて役者買いのうわさが聞こえて来た。得体の知れない男たちに送られて、夜おそく酔って家にもどることもあった。それがおたねの正体だと益吉がさとるまで、さほどの月日はかからなかった。

益吉はおたねの行状をなじったが、何のききめもなかった。おたねは益吉になじられると神妙に詫《わ》びを言うのである。だが翌日になればまた同じことをやった。

益吉は、いまはひしゃげたような顔をしている。長い年月にわたって、女房に顔も心もつぶされた男の顔になってしまった。気性もすっかり陰気になって、新兵衛に会えばグチばかり言うのである。そして女房の方はちっとも齢をとらず、亭主を踏みつけにしてますます若くなって行くようだった。

——今夜のお相手は……。

山科屋の息子に決まったか、と新兵衛は思った。さっき酒の席で誘いをかけて来たおたねを思い出している。

「新兵衛さん、帰りにどこかで飲み直しませんか」

とおたねは、ほとんど無邪気な口調で言ったのだ。実際に酒でいくらか上気したおたねの顔には、子供が相手を遊びに誘うときのような表情がうかんでいたのである。

だが言っていることは、齢に相応した中身のものだった。

「家に帰ってもくさくさすることばかりですからね。新兵衛さんだって、そうじゃないんですか？」

そのとおりだった。家にもどっても楽しいことはない。だが新兵衛は首を振った。新兵衛にことわられても、おたねは格別気を悪くしたようには見えなかった。茶色がかった明るい眼で、新兵衛をじっと見つめてから、そう、それじゃ誰かべつのひとを誘おうかしらと言ったのだが、そのべつのひとが山科屋の息子だったわけである。もっとも、誘ったのは佐太郎の方かも知れない。ともかく……。

――似合いの相手が見つかったわけだ。

と新兵衛は思った。

肩を寄せ合うように、連れ立って出て行った二人が、これからの夜をどう過ごすのか、およそは想像がつく。その気になれば、一組の男女が束の間の浮気を楽しむ場所は、このあたりにいくらでもある。

その見当がついても、二人をひやかす声も上がらず、非難がましい顔で見送る者もいなかったのは、出て行った二人がいわば札つきの遊び人だからだろう。あとでうわさ話になったとしても、それだけで終る。目くじらをたてて怪《け》しからんことをすると叫ぶ者はいない。

だが、組み合わせが違って、たとえば新兵衛が鶴来屋のおかみと用ありげに肩をならべて帰ったりすれば、そのうわさはその夜のうちに仲間うちにひろまるのだ。狭い世界である。

「小野屋さん、まっすぐお帰りですか？」

不意に声がした。塙屋《はなわや》彦助だった。塙屋は時どきつぶれたとかつぶれそうだとかいううわさが出る小さな紙問屋だった。

彦助の顔は、商いの苦しさとその種のうわさに押しつぶされたような、暗く陰険な表情をうかべている。齢はまだ四十ぐらいのはずだが、皺が目立ち固太りの背が低い。彦助は足もとが揺れるほど酔っていた。

「おや、あなたは……」

と新兵衛は言った。寄合いに出て来た女はおたねだけでなく、ほかにも四、五人いた。ひと塊りになって駕籠を待っている女たちの間に彦助の顔が見えて、誰かを誘っているような恰好だったのだが、いま見ると女たちは帰ってしまったらしく、一人もいない。

「女子衆《おなご》と一緒に帰るのかと思ってたのに、そうじゃなかったんですか？」

「女子衆？　違いますよ」

彦助の顔に、自嘲《じちょう》するような表情がうかんだ。まつわりつくように、新兵衛の前に回った。

「あたしのことなんぞ、誰も相手にしてくれませんよ。みんな、あたしをバカにしてんです、ええ」

「そんなことはないでしょ？」

と新兵衛は言った。

「そりゃ塙屋さんの思い過ごしだ。そんなふうに思うもんじゃない」

「それじゃ、小野屋さんはどうですか？」

彦助は上眼づかいに新兵衛を見た。白眼まで赤くなった眼が、無気味に据わっている。

「あたしにつき合ってくれますか？」

「さあて……」

首をかしげたが、新兵衛の腹は決まっていた。塙屋彦助は酒癖のよくない男である。おごらせておいて、おごった相手にからむ。二年ほど前に、やはり寄合いの流れで彦助と一緒になり、ひどい目にあったことがある。

彦助の悪い酒につき合う義理はなかった。それに今日は、もう酒は沢山だ。

「いや、わたしは帰らなければ。悪いが、夜に客が来ることになっていましてね」

「お客さん?」

彦助は眼をぴったりと新兵衛に据えたまま、うす笑いした。胸の中をのぞきこまれたようで気味が悪かった。

「お客さんじゃしょうがない。邪魔はしませんよ。あたしのせいで、お客さんに迷惑をかけちゃいけませんからな。どんなお客か知らないけど」

彦助はもうからんでいた。

「今日はついてない。誘う相手に片っぱしからふられています」

「悪いね、塙屋さん」

新兵衛は前に出たが、彦助は道をあけなかった。右に左に揺れている身体の動きに、子供っぽい悪意が読みとれた。四十になる男が、通せんぼをしているのだ。

新兵衛は横を見た。またとぎれた駕籠を待って、まだ十人あまりの仲間が残っていた。寒さが少し増し、夕闇が忍びよる中で、残っている人びとは落ちつきなく足を動かしている。話し声はとだえがちだった。やはり駕籠はあきらめて、船にしようと新兵衛は腹を決めた。腹を決めさせたのは彦助である。

揺れている彦助の身体を、新兵衛はやわらかく手のひらで横に押した。

「失礼しますよ、塙屋さん。そのうち折りをみて一杯やりましょう」

「どうぞ、どうぞ」

塙屋彦助は、意外にもあっさりと道をあけた。だが理不尽な悪意まで消し去ったわけではなかったようである。四、五歩はなれた新兵衛の背に、陰気な声を投げつけて来た。

「あんただって、あたしをバカにしてんだよ、小野屋さん」

首筋に水をかけられたような、いやな感じがしたが、新兵衛は振りむかなかった。いそぎ足に門の方に歩いた。

すると、ちょうど門に出ていた番頭の長四郎が、新兵衛を見ておどろいた顔をした。眠そうな眼を大きくみひらいた。

「おや、小野屋さん、いままでどこにおられましたので？」

「玄関にいましたよ」

「失礼しました。ちょっとお待ちください。駕籠はもうじきまいりますので」

「いや、いいんだ、番頭さん、山岡に忘れ物をして来たのを思い出した」

新兵衛は船宿の名を言い、手を振って門を出た。

番頭の顔いろからすると、ひとの前に出ていれば新兵衛はもう少し先に、駕籠で帰れたようである。今日の采配のたったひとつの手落ちを残念がっている顔つきの番頭と別れると、新兵衛はいそぎ足に表通りに出た。

二

表通りも暮色につつまれていたが、とっぷり暮れるにはまだ間があった。道の正面に、赤黒い靄《もや》のように落日の痕跡をのこす西空が見え、空はそこから上の方に木《き》苺《いちご》の実のように明るい黄に、さらに水色に光を弱めながらひろがっている。

その空を背景に、一の鳥居の黒く大きな姿が、足を踏んばる形にうかび上がっている。その右手前に、やはり黒く高い建物が見えるのは、仲町の火ノ見櫓《やぐら》だった。

道はひとで混んでいた。行きかう人びとが、さほどいそぐ足どりでもないのは、この町に遊びをもとめて来た男たちがまじっているからだろう。このあたり一帯は夜の歓楽を売る町で、それはもう少し経てば、通りにも路地にも、ひとの心をときめかせる灯がともり、女の呼び声や三味線の音がはばかりなくひびいて来るのでわかる。

だが町はまだ、どっちつかずのあいまいな灰色の色彩の下に沈んでいた。灯はようやく道の左右にひとつふたつほど見えて来たばかりで、女を漁《あさ》りに来たかも知れない男たちも、白い仮面のような顔で通りすぎて行く。

新兵衛の胸に、いまごろになって不意に怒りがふくらんだ。堝屋彦助が示した理不尽な悪意を思い出している。

——みっともない男だ。

と思った。女たちにしきりに誘いをかけていたようだが、ことわられると今度は新兵衛にたかりに来たのである。

たかりだとわかったから、婉曲《えんきょく》にことわりを言った。正常な神経の持ち主なら、そこで恥じるべきなのに、彦助は悪意をむき出しにしてからんで来たのだ。まるでガキだ。酔っていたなどとは言わせない。事実彦助はそんなに酔ってはいなかった、と新兵衛は思った。

——あれだから……。

商売もうまくいかんのだ、と思った。しかしああいう性格だから商売がうまくいかないのか、それとも商いが思わしくないから、ああいうひとに嫌われる性格に変ったのかはよくわからなかった。彦助とは親しくつき合ったことはなく、むかしのことは記憶にない。そこまで考えたとき、怒りはさっき不意にうかんで来たときと同様に、唐突にさめた。

——彦助も四十だからな。

たしか四十一、二のはずだと思った。

新兵衛は四十六である。そろそろ五十に手がとどく。眼はとかく迫り来る老いの方に奪われがちで、通りすぎて来た四十前後のことは、あまり思い出すこともなくなったが、おれにだって、彦助を笑えないような時期があったのだ、と新兵衛は思った。

——はじめて白髪《しらが》を見つけたのは……。

あれはいくつの時だったろう、と新兵衛は考えてみたが、はっきりしなかった。見つけたときのことはおぼえている。あのときはたしか茶の間で、女房がしまい忘れた手鏡をひょいとのぞいたのだ。

そのことはおぼえているが、それがいくつの時のことだったかは忘れている。三十五の時だったかも知れない。あるいはもう少しおそく、三十七か八の時だったかも知れない。いずれにしても、新兵衛が自分の髪に白髪を見つけたのは、四十前のわりあい早い時期だったのである。

いま考えてみれば、些細《ささい》なことだったと思う。ひとはいずれ白髪になるのだ。おどろくほどのことではない。現に新兵衛の白髪は、とっくに真白になった鬢《びん》の毛を中心にふえつづけているが、近ごろは髪の毛を気にすることなどない。

だが、あのときは空が落ちかかって来たようにおどろいたのだ、と新兵衛は思い返す。空が落ちるとは、比喩《ひゆ》にしても大げさな、と思わないでもないが、実感はそのようなものだった。予期せぬものが落ちかかって来たのだ。それはとてつもなく重くて、一瞬新兵衛を押しつぶしたのである。

おどろき疑ったが、見たものに紛れはなかった。信じられないことだが、それは老いの兆候だったのである。

ひとが老いるということを知らなかったわけではない。また、いずれは自分にも、その時が来ると思わなかったわけではない。だが思うだけで実感は薄く、新兵衛は老いというものを他人事に考えていたふしがある。だが、目の前にその印があらわれていた。見たのは一本の白髪だったが、その背後に見知らぬ世界が口をあけていた。

だが新兵衛は、髪の白髪をその後もくよくよと考えつづけたわけではない。時どき女房に内緒で鏡をのぞき、一本、二本と白いものがふえるのをたしかめながら、もう若くはないのだ、という思いに胸をしめつけられることはあったが、やがて白髪のことはさほど気にもならなくなった。

ひとは大ていのことに――堪えられないほどでなければある種の苦痛にさえも、

いつとはなく馴れるのである。まして白髪は、やがてひとにも言われるほどに目立って来たとはいえ、痛くもかゆくもないものだった。そして新兵衛は多忙だったのである。

仲買いからはじめて構えた店は、順調に商いがのびていた。紙問屋として、組仲間に入れてもらえる見込みも強くなっていた。商いの一番おもしろいところにさしかかっていたし、新兵衛は丈夫で風邪ひとつひかなかった。白髪をのぞけば、老いを気にかける理由など、何ひとつなかったのである。

少なくとも、四十の声を聞くまでは……。

だが四十の坂を越えたころに、新兵衛はそれまで丈夫だったことの仕返しを受けるように、さまざまな身体の不調に見舞われた。

あるときは、突然に片腕と首が動かなくなった。無理に動かそうとすると、肩から背にかけて、堪えがたい激痛が走った。またあるときは、奉公人を督励しながら、率先して紙荷を店に運び入れている途中に、心ノ臓の鼓動の異様な高まりに襲われた。口が乾き、立っていられなくて、新兵衛は這《は》うようにして店の板の間に上がった。

それだけではなかった。夏の暑い日盛りの下を、とくい先を回って歩いているうちに目まいに襲われて道ばたの塀の下にうずくまったこともあるし、時どきたわいなく風邪をひくようにもなった。

そうした身体の故障は、長い間新兵衛を苦しめることはなく、医者の薬を用い、二、三日か、長くとも十日ほども静かにしていれば消えた。それにしても、そういう故障の多くは、四十前の新兵衛が出会ったことはむろん、予想さえしなかったものだったのである。

──もう、無理は出来ない。

あるとき、新兵衛はそう思ったのだ。もう、奉公人の先に立って、荷を担ぐようなことはやめよう。そう思ったのははじめてだった。近づく老いを、認めないわけにはいかなかった。

そのころ、新兵衛の胸にある不思議な感覚が生まれた。ある時期を境にして、自分が老いの方に身を置いてしまったような感覚である。これまで考えもしなかった、老いとその先にある死が、いやに明瞭に見えた。そして、疲れを知らずに働いたつい二、三年前までのことは、奇妙なほどに遠く思われたのである。

そういう変化はあったが、だからといって新兵衛の日常が、目立って以前と変ったというのではなかった。若い奉公人を相手に、荷を担ぐようなことこそしなくなったが、新兵衛は、相変らずいそがしく商いを切り回していた。首尾よく組仲間に加えてもらい、誰はばかることなく、紙問屋として商いをひろげることが出来るようになると、小野屋の商売は活気を帯び、しかも安定した。

主人の新兵衛が、時おり商いの手をやすめて、老いの先につながっている死をじっと見つめたりすることをべつにすれば、紙問屋小野屋は、順調に商いをのばしていたのである。

——あれは、四十二の春だったな。

新兵衛は、女房のおたきとの不和のもとになった、世間には知れていない情事のことを思った。その短い情事だけではない。そのころ新兵衛は組仲間と一緒に、よく吉原にも行ったし、あちこちの岡場所にも飲みに出た。

いまになって振りかえれば、バカなことをしたものだと思う。だがそのころは、懸命に働いたその先に、老いと死が待っているだけだという事実に馴染めなかったのだ。

いずれは来る老いと死を迎えるために、遊ぶひまもなく、身を粉にして働いたのかという自嘲は、振りかえってみればあまり当を得たものではなかったが、そのころの新兵衛を、一時しっかりとつかまえた考えだったのである。ひとは、まさにおだやかな老後と死を購《あがな》うためにも働くのだ、という考えは思いうかばなかった。

見えて来た老いと死に、いくらかうろたえていた。まだ、し残したことがある、とも思った。その漠然とした焦りと、ひとの一生を見てしまった空しさに取り憑《つ》かれ、酒と女をもとめてしきりに夜の町に駕籠を走らせた。

──だが、救いなどどこにもなかったし……。

酒も女も、いい加減なものだった、といまの新兵衛は思う。家の中に、暗い不和の空気が残っただけである。だが、塙屋彦助にそんな説教を聞かせたところで仕方あるまい。おれだってあのころは半ば狂っていたようなものだし、彦助はいまちょうど……。

──おや？

新兵衛は足どりをゆるめた。一の鳥居の柱の陰に、ひとが四、五人かたまっているのが見えた。地面にうずくまった女を、あまり風体のよくない男たちが、それとなく取り囲んでいるようである。灰色の暮色の中に、男たちののばしたささやきが見えた。一人は尻をからげている。

──揉《も》めごとか。

と思った。いやな気がした。女がいるのが気になるが、出来ればかかわり合いにはなりたくない。新兵衛は眼を伏せて歩き出した。男たちが、近づく自分を見ていると思った。

だが、横を通りすぎるとき、新兵衛はやはり顔を上げて男たちを見た。すると男たちの身体の間から、うつむいている女の横顔が見えた。それと、腰をかがめた男の一人が、女の懐に手を差しこむのも。

「おや、丸子屋さんじゃありませんか」

新兵衛は足をとめた。女は丸子屋のおかみおこうだった。新兵衛は、思わず大きい声を出した。

「どうしなすった?」

男たちが一斉に新兵衛を見た。男は五人いた。ひと眼で堅気でないとわかる、険しい人相の男たちである。背筋に寒けが走ったが、逃げるわけにもいかなかった。黙って男たちを見つめていると、そのうちの一人が声をかけて来た。

「この女の知り合いかい?」

「そうですが……」

「そいつはちょうどよかった」

頬骨が尖《とが》った顔の、その男が言った。

「ぐあい悪そうなんでね。介抱していたところさ」

「そうですか。それはどうも」

「じゃ、おれたちは引き揚げるぜ」

男がおいとあごをしゃくると、男たちはあっさりとはなれて行った。

少しはなれたところまで行ってから、男たちがどっと笑った声が聞こえたが、新兵衛は振りむかなかった。いそいで、丸子屋のおかみおこうのそばにうずくまった。

「丸子屋さん、どこかぐあいでもお悪いか？」

新兵衛の声に、おこうは細く眼をあけて新兵衛を見た。顔をのぞいているのが誰かはわかったらしい。

「小野屋さん……」

弱よわしくつぶやいた。だが、声が出たのはそれだけだった。おこうの身体がぐらりと傾いて、鳥居の柵《さく》に倒れかかった。身体がくの字に曲り、眼をつぶったおこうの顔に、苦悶《くもん》の表情がうかんだ。浅い呼吸に、肩と胸がせわしなく動く。

そのときになって、新兵衛は強い酒の匂いに気づいた。酒の香は、一部は自分が発散していたが、おこうからも匂ってくる。新兵衛はおこうの顔に鼻を近づけた。間違いなかった。強烈な酒の香が鼻を搏《う》った。

――悪酔いしたらしい。

不意に塙屋彦助の顔がうかんで来た。彦助は、銚子を手に幇間《ほうかん》のように酒席をとび回っていたが、最後には女たちがいる席に腰を落ちつけた。そこでおこうに、むりやりに酒を強いているのを見たようでもある。

新兵衛はほっとした。悪酔いしただけなら、そう心配することもあるまい。

「丸子屋さん、吐くといい」

新兵衛は、おこうの肩に手をかけて言った。

「そうすると、ぐっと楽になる。誰も見ちゃいません。さ、吐きなさい」

だがおこうは、眼もひらかず答えもしなかった。黒い木の柵にもたれかかった恰好で、青白い頬を柵に押しつけたまま、ぐったりとしている。

――さて、どうしようか。

途方にくれて、新兵衛は立ち上がるとあたりを見回した。むろん見捨てて行くわけにはいかず、どこかで休ませなければなるまいと思ったが、井筒に引き返すには遠すぎた。これから行く黒江橋そばの船宿に連れて行けば、万事心得て介抱してくれるだろうが、そこまで抱えて行くのは無理だった。やはり遠すぎる。

空き駕籠は来ないかと、薄暗い路上を眼でさぐったが、二人の様子には気づかない通行人が、まばらに通りすぎるだけで、駕籠は見えなかった。

――そうか。

あの、連れ込み宿のような店が、この近くだったな、と新兵衛は思い出した。階下はただの飲み屋だが、二階の部屋を連れ込み客に貸す家があったのだ。四、五年前に二、三度ばかり使ったことがあるその店が、いまもそのままであるのかどうかわからなかったが、とりあえずそこに行ってみようと思った。新兵衛は、おこうを抱え起こした。

三

おこうは小柄なのに、抱えるとずしりと持ち重りがした。新兵衛が思わずよろめいたほどだった。

重いのは半ば正気を失っているせいもあるだろう。腋《わき》の下に手をさし込んで支えながら歩き出すと、おこうは自分も足を動かしたが、時どきずるりと足をすべらせて、新兵衛の腕にぶらさがった。そのたびに、新兵衛は力んで汗をかいた。

その店は、来た道を少しもどって、門前仲町と黒江町の間の路地を奥に入りこんだところにあった。暗い路地の奥に、すすけた軒行燈《のきあんどん》の光を見つけて、新兵衛は安《あん》堵《ど》の息をついた。

何も変っていなかった。立てつけの悪い格子戸もそのままだったし、板場にいるおやじも、四、五年前と変りなく、むっつりした顔をしている。時刻が早いせいか、土間にいる客は一人だけで、おやじは若い娘を相手に所在なげに皿を洗っていた。

おやじは顔を上げて、おこうを抱えた新兵衛を見たが、新兵衛をおぼえているようではなかった。無表情に二人を迎えた。

「二階の部屋が使えるかね？」

新兵衛が言うと、おやじは黙ってうなずいた。新兵衛の声を聞いて、土間で飲んでいた職人ふうの若い男が顔を上げたが、二人を見るとすぐに興味を失ったように、盃に顔をもどした。

「ちょっと、悪酔いしたもんだから」

弁解するように、新兵衛が言った。

「しばらく休ませたいのだ。手拭いと、盥《たらい》に水をくれないか」

「わかりました」

とおやじが言った。

「突きあたりの部屋を使ってください」

おこうを抱えて、喘《あえ》ぎ喘ぎ梯子《はしご》をのぼりながら、新兵衛はかすかにうしろめたい気分を味わった。丸子屋は老舗の紙問屋である。おこうの夫由之助は、痛風を患って足が不自由になったとかで、近年は仲間の寄合いに出ることもなくなったが、数年前までは仲間の世話役を勤めていたという。

新兵衛より三つほど齢下のはずである。数年前というと、まだ四十になっていない。その若さで世話役を勤めたというのは、老舗の主人ということもさることながら、切れ者だからでもあろう。そういううわさも耳にしている。

新兵衛は、丸子屋由之助に会ったことはない。新兵衛が仲間に入ったのは、由之助が人前に顔を出さなくなってからだった。おこうの夫を知らないことが、幾分気持を楽にしてはいたが、それにしてもこの店は、丸子屋のおかみを連れ込むような家ではない、と思った。だが、仕方ないことだった。ほかに手段はなかったのだ。

暗い畳におこうをおろして息をととのえていると、あとから上がって来た女が、行燈に灯をいれた。

「悪酔いしたんですか？」

行燈に灯をいれた女は、打ち倒されたようにぐったりしているおこうの顔をのぞいた。階下で働いていた娘ではなく、ものういような口をきく四十前後の女だった。濃い白粉《おしろい》と、その下に見えるおびただしい小皺が、女が長い間こういう店で、多分男たちの酒の相手をして過ごして来たことを示していたが、声には案外な親切が籠っていた。

「腹ン中のもの、吐かせるといいんだけどね」

「わたしもそう思ったのだが……」

漸《よう》く呼吸がおさまった新兵衛が言った。

「このとおり正体をなくしているものだから、吐かない」

「帯、ゆるめるといいですよ。帯をゆるめて、胸をあけて。いま布団を敷きますからね」

女は大儀そうに、跪《ひざまず》いていた身体を起こした。立って行って押入れをあけた。

「布団はひとつ？　それとも……」

「あ、ひとつでいいんだ。泊るわけじゃないから」

新兵衛はあわてて言った。

女が、振りむいて新兵衛を見た。眼に訝《いぶか》しそうないろがうかんだようでもある。だが、それは新兵衛の見間違いかも知れなかった。女はうなずくと、黙って布団を敷きはじめた。敷き終ると、新兵衛がおこうの身体を布団に移すのを手伝った。

「大丈夫ですよ」

と女は言った。部屋の入口に置いてあった小盥と手拭い、それに水をいれた椀を持って来て、枕もとに置いた。

「胸を楽にしてやって、額をひやして休ませておけばいいですよ。じきに気がつきますよ」

新兵衛は、礼を言った。女が部屋を出て行くと、おこうを横向きにして帯の結び目をほどいた。結び目は意外に固くて手こずったが、そこがほどけるとあとは楽だった。胸もとをしめ上げている帯をゆるめると、おこうが不意にしゃくり上げるような息をついたので、新兵衛はおどろいて手をひいた。

気がついたのかと思って顔を窺《うかが》ったが、おこうは眼をつぶったままだった。生気なく青白い顔をして、小鼻が浅い呼吸に顫《ふる》えている。新兵衛はまた手をのばして、今度は襟《えり》をくつろげにかかった。

おこうの身体には、まだどこかに紐がからみついているらしく、きっちりと合わせた襟をひらくのは容易ではなかった。辛抱づよく一枚ずつ襟をくつろげて行くと、不意に白い胸があらわれた。

新兵衛は息をつめて、また手をとめた。思わず部屋の中を見回した。むろん見ている者は誰もいなかった。汚れた壁と襖《ふすま》。襖は破れたあとをつくろったらしく、四角に切った色の違う紙が斜めに貼ってある。畳は黒く、ところどころ毛羽だっていた。

そのわびしい光景を、行燈の光が照らしているだけだったが、新兵衛はどこからか誰かに見られているような、落ちつかない気持を味わった。

――長く、ここにいてはいけない。不意に目がさめたようにそう思った。梯子をのぼるときはまだ曖昧《あいまい》だった、どことなくうしろめたい感じが、いまははっきりした危惧《きぐ》に変ったのがわかった。

自分のためにもそうすべきだが、ことにこのひとのために、いますぐにもこの店を出た方がいい。こんないかがわしい場所で、二人っきりで長い刻《とき》を過ごしたことがわかれば、世間は何とうわさするだろう。事情など話しても、誰も信じまい。

そして、恐れは外にだけあるわけではなかった。新兵衛の胸の中にも、罪深い動きを待ちうけるものが芽生えていた。そのものは、抑制を解かれれば一気にふくれ上がって、新兵衛を一人の罪人に仕立てかねないだろう。そういう気持の動きを強いるものが、眼の前にあった。そういう邪《よこしま》なのぞみはもう死んだかと思ったのに、なんの、まだ生きていたのだ。

気持を静めるように、新兵衛は盥の水に手拭いをひたし、丁寧にしぼるとおこうの額にのせた。瞼《まぶた》がぴくりと動き、おこうはまたしゃくり上げるような息を深くしたあとで、不意に長い吐息をついた。目ざめるのかと思って見守ったが、それっきりだった。

抗しがたいものを見るように、新兵衛はまたおこうの胸に視線を落とした。白桃のように白くけぶる肌は、わずかな隆起をのぞかせていた。その二つの隆起の間に、淡い翳《かげ》りをみせている谷間。着ている物に覆われるその先には、おこうの命が息づいているだろう。

新兵衛は眼をそらした。そのとき重ねた襟の間に、何かがはさまっているのが見えた。手をのばしてみると財布だった。新兵衛の頭に、一の鳥居の裏でおこうの胸をさぐっていた男の手がうかんだ。

——そうか。

これを抜き取ろうとしたのだなと思った。酔っているとみて、女を弄《もてあそ》びにかかったたちのよくない連中かと思ったが、目的は金だったようである。

何となしにほっとしながら、新兵衛は掌に財布の中身をあけてみた。小判が一枚、あとは分銀と小銭で、あわせても三両足らずだった。丸子屋のおかみの財布の中は、案外につつましいものだった。

——しかし、これで……。

気分さえよくなれば、あとは駕籠を頼んで、自分で帰れるだろう、と新兵衛は思った。

金を入れ直した財布を、新兵衛はおこうの懐にもどした。店の者にみられないように、深く押し込んだとき、新兵衛はやわらかい手で腕をつかまれた。おこうが眼をひらいていた。

四

「やあ、丸子屋さん」

と新兵衛は言った。

白い隆起と谷間の翳りにかき立てられた妄想、歯どめをはずされるのを待ちのぞんで、不穏なときめきを示していた欲望が、おどろくほどすばやく消え去るのを感じながら、新兵衛は微笑した。新兵衛は分別を取りもどしていた。落ちついた声でつづけた。

「気がつかれてよかった。気分はどうですかな？」

「気分……」

とつぶやいて、おこうは不意に吐き気をこらえるような不安な表情をしたが、すぐに新兵衛に眼をもどした。

「小野屋さん、ここはどこですか？」

「仲町のはずれです。鳥居のすぐそばの、ええーと、何と言ったっけ。そうそう、あけぼのという飲み屋です。ふむ、名前だけは立派だ」

「あけぼの……」

「そう。そこの二階です」

と言ったが、新兵衛はおこうが正気を取りもどしたのなら、ここで事情を全部話した方がいいと思った。さっきの、いやいまもつづいている、ある気がかりのことも。

二人がいま置かれている異常な状況と、そうなったわけを、おこうに話すべきだった。おこうが信じようと信じまいと。ねがわくば信じてもらいたいものだ、と新兵衛は思いながら口をひらいた。

「ここはね、丸子屋さん。階下《した》は飲み屋だが、二階が連れ込み宿になっているのです」

「連れ込み……」

おこうはぼんやりと新兵衛を見、首を回して部屋の中を見た。新兵衛に眼をもどしたとき、おこうの顔にわずかにおびえるようないろがうかんでいた。

「そう、連れ込み宿です。でも、わたしがわざわざそういう場所をさがして、あんたを連れて来たわけではない。仕方なかった。そのことは信じてもらいたいものです」

おこうは無言で新兵衛を見つめていた。顔には、まだおびえのいろが残っている。

「あんたは鳥居のそばに倒れていた。そのことはおぼえていますかな？」

「ええ」

おこうはうなずいた。

「歩いているうちにどんどん気持が悪くなって。そうでした、あたし駕籠をさがしていたんです。空き駕籠が来ないかと思って。でも、鳥居まで歩いたときに、我慢出来なくなって、気が遠くなるような気持で、ひと休みしようとしゃがんだんです」

「男が四、五人、あんたのそばに寄ったのをおぼえていますか？」

「はい、ぼんやりと……」

おこうは小さく身顫いした。

「あれはどういうひとたちだったのでしょう」

「いたずら半分に、財布を引き抜こうとしたようですな」

「とてもこわかったのですよ」

とおこうが小さい声でつづけた。

「立ち上がって行こうとしたのですが、立てませんでした」

「そこにわたしが通りかかったのです」

と新兵衛が言った。

「わたしが声をかけたのを、おぼえていますかな？」

「………」

おこうは首を振った。手短かに、新兵衛はそのあとのことを話した。

「あんたは正体をなくして重かったですからな。わたしの力で運んで来られる場所は、ここしかなかった。ほかに、近くに知っている家はなかったし……。外は寒かった」

ひと息ついて、新兵衛は言った。

「それにわたしは、あんたのことが心配だった。どこか休めるところをさがして、一刻も早く手当てしなければ、とそればかり考えていたもので……。ほかに、仕方なかった」

「わかります」

「わかる？」

「ええ、よくわかります」

おこうはまっすぐ新兵衛を見ていた。

「小野屋さん、ほんとにご厄介をかけました」

新兵衛はおこうを見返した。おこうの眼にはいささかの疑いもうかんでいなかった。それどころか、いまはおびえのいろも消えている。新兵衛の言ったことを理解し、信じたのだ。

新兵衛の胸を喜びが満たした。その喜びには安堵がふくまれている。家の中でさえ、言ったことが素直に、そのまま受け取られることが少ないのを新兵衛は思い出している。おこうが寄せて来る信頼は快いものだった。

――このひとは……。

いま、いくつだったろうかと新兵衛は思った。少なくとも三十の半ばを越えたに違いない。

だが、おこうはもっと若く見えた。瓜実顔《うりざねがお》の頰は、いくらか余分な肉がつきはじめたかと思われるだけで、まだすっきりした線を保っていたし、皮膚のたるみはどこにも見当らなかった。そして、眼のきれいなひとだと新兵衛は思った。

丸子屋のおかみは美人だとひとがうわさし、寄合いで顔を合わせる程度だったが、新兵衛もそう思っていた。だがよく見ると、おこうはそれほど派手に、ひとに目立つ顔立ちをしているわけではなかった。鼻も口も、ひかえ目な目立たない形をしている。有体《ありてい》に言えば、鼻は少し低く、唇はやや厚目だった。

おこうの眼は切れ長で、黒ぐろと光っている。まつ毛が長かった。その眼が、顔全体をいきいきと引き立てているのだった。澄んだその眼に、新兵衛は自分に対する信頼を見た。

——素直なひとだ。めずらしい。

と新兵衛は思った。この齢で、こんなに若わかしい外貌と、素直な気持を保っていられるのは、きっと家の中がうまく行っているからだろう、とも思った。まだ会ったことのないおこうの夫に、ちょっぴり羨望《せんぼう》を感じた。

家の中に不満を抱えている女は、おこうのようなぐあいにはいかない。肌が乾いて老けてみえたり、物言いがいら立ちや棘《とげ》を含んでいたり、齢に相応しない濃い化粧をしたりするものだ、と数え上げながら、新兵衛はそのひとつひとつに女房のおたきをあてはめているのに気づき、数えるのをやめた。かわりにそっとため息をついた。

それはともかく、あの気がかりもふくめて、おこうには今夜起こったことを全部話してかまわないのだと思った。これから話すことを、このひとが曲解したり、変に勘繰ったり、疑いを抱いたりする心配はない。新兵衛は、自分もおこうを信頼しかけているのを感じた。

正気を取りもどしたとき、おこうが無意識に襟をかきあつめたので、おこうの胸は大部分が隠れてしまっていた。だが、ほんの一部はまだ白い桃のように、襟からこぼれ出ている。その白いものに、ちらと眼を走らせてから、新兵衛は言った。

「それからあとのことも、少し話しておかないといけませんな」

「……」

「あんたの帯を解いたのは、わたしです。帯を解いて、胸をあけました。そうすると楽になると、ここの女中さんが言ったのですよ」

おこうは何も言わなかった。新兵衛から眼をそらして、もう一度襟をかきあつめ、胸の上の夜具を首まで引き上げた。それで胸は全部見えなくなった。

「しかし、それだけです」

新兵衛は、慎重に言った。

「あんたには、指一本触れていません。それはわかりますな」

「…………」

やはり無言だったが、おこうは新兵衛に眼をもどした。そしてうなずいた。

「よかった」

と言って、新兵衛は両膝をぱたりと打った。実際に、一番むつかしいところを乗り越えたのを感じた。丸子屋のおかみは、いや、おこうは何とすばらしい女だろう。

「あんたは信じてくれると思ったが、そのとおりでしたな。しかし世間はそうはいかないかも知れません」

と新兵衛は言った。

「事情はあんたに話したとおりで、ここに来たのは仕方なかった。しかし、今夜わたしたち二人が、ここで一緒に時を過ごしたというのは、やはりまずかったのです」

慎重な言い回しを、おこうは理解したようだった。小さい声で、この家に来てどのぐらい経ちますか、と言った。

「四半刻（三十分）ぐらいですかね」

と新兵衛は言った。実際はもう少し経っているかも知れなかった。新兵衛は思い出したように、手拭いを水でしぼって、おこうの額にのせた。

「そういうわけだから、今夜のことは誰にも言わん方がいい」

と新兵衛は言った。

「変なうわさをたてられたら、そう、わたしはべつにかまわないが、あんたがひどい目に会いますからな」

「……」

「ようござんすか。お家のひとにも、水茶屋に寄って酔いをさまして来たぐらいに言っておくのです。そう出来ますかな?」

「わかりました、小野屋さん」

おこうは、小さな声だがきっぱりした口調で言った。

「今夜のことは、誰にも言いません。ほんとうにご心配をかけました」

すばらしい……。ふたたび新兵衛はそう思った。すばらしいひとだ、丸子屋のおかみは。

おこうは、ただ無邪気な信頼を示しているわけではなかった。また、いま自分がおかれているかなりむつかしい立場を、新兵衛のせいにするつもりも毛頭ないようだった。おこうは、三十女の分別で新兵衛が言ったことの中身を理解し、その上自分の責任で、その秘密を共有することに同意したのだ。

新兵衛は気持が軽くなったのを感じた。おこうがこれだけしっかりしていれば、何も心配することはないのだ。微笑して言った。

「さあ、それじゃわたしは先に帰りますよ。あんたはもうしばらく休んでから行くといい」

「小野屋さん、待ってください。あたしも……」

不意におこうが身を起こそうとした。だが、いきなり頭痛か目まいに襲われたらしく、手で顔を覆うと頭を枕にもどしてしまった。

「無理しない方がいい」

新兵衛は、まくれた布団をかけ直してやりながら言った。

「ほんと言うと、二人一緒には出ない方がいいのです。なに、暮れ六ツ（午後六時）を過ぎたばかりでしょう。時刻はまだ早い。あと半刻（一時間）ほども休んでから帰るといい。それまでには気分も治りますよ」

「………」

「ここの支払いは、わたしが済まして行きます。駕籠も頼んで行きますから。帰るときには階下におりて駕籠を呼んでくれと言えばいい。それでは、お大事にな」

おこうに言ったように始末を終え、余分に金を置いて、新兵衛は飲み屋を出た。誰にも会わなかった。きらびやかな軒行燈が連なる表通りに出たところで、新兵衛は安堵の吐息をついた。

黒江橋から船で大川に出たところで、気が変った。新兵衛は顔馴染みの船頭に、柳橋に行ってくれと頼んだ。

闇の冷え

一

神田川の落ち口にある船着き場に降りると、新兵衛は無口な船頭に駄賃をやって、暗い石段の道をのぼった。

身体がこごえていた。町の中では風があるとも思わなかったのに、大川に漕ぎ出すと川風が吹いていた。舟につるした行燈《あんどん》の光に、白く歯をむく川波が見え、風はやすみなく正面から新兵衛に吹きつけて来た。船もかなり揺れた。新兵衛は身体をまるめて風をやり過ごそうとしたが、寒さは避けられなかった。

柳橋の下に着いたときは、身体がこわばったようになって、船着き場に上がるのに、船頭の手を借りたほどである。

——齢だ。

と新兵衛は思った。若いころは、船を降りるのに人の手を借りたことなどなかった。船がまだ着かないうちに、陸まで飛んで、船頭に怒られたりもしたものだ。

石段をのぼり切って、角をひとつ曲ると、いきなり町の灯が眼に入って来た。町はまだざわめくような静かな物音をたて、ひとも行き交っていて、時刻がさほど更けたわけでないことを示している。

新兵衛は羽織の袖にこごえた手を突っこんだまま、いそぎ足にもうひとつの角を曲った。そこは両側から軒行燈の灯がさしかける明るい通りで、どこからか三味線や歌声が洩れ、歩いているひとも多かった。歩いているのは大概は男で、しかも酔っていた。新兵衛はその通りをしばらく歩き、やがて一本の路地に折れた。

狭いその路地にも、ぽつりぽつり軒行燈が出ていたが、表通りにくらべると路地は暗く、ひとの姿もほとんどなかった。十歩ほど歩いたところで、不意に軒下から現われた男が、無言ですれ違って行っただけである。

小さな軒行燈に「つくし」と書いてある家の格子戸を、新兵衛は前に来たことがある手つきであけた。すぐにあたたかい空気と濁った酒の香が、新兵衛の顔をつつんだ。そこはさっき出て来た仲町の飲み屋とさほど変りない狭い店だったが、土間には数人の客がいた。そして飯台も腰かけの樽も、板場の壁もそう古くはなかった。一度金を遣って手入れした跡が残る店である。その金を出したのは、わたしだと新兵衛は思った。

戸をしめると、客の相手をしていた女が新兵衛を振りむいた。

「あら、旦那。おひさしぶりですこと」

と女が言った。二十過ぎの、丸顔で明るい声を出すその女の名はおみね。以前、新兵衛の家に奉公していたことがある女である。

おみねは、丸い顔にこぼれるような笑いをうかべて、いそぎ足に寄って来ると、新兵衛の手を取った。

「お部屋がひとつ空いてますよ。どうぞ。ほんとにうれしい。もういらっしゃらないかと思ったんですよ」

「いや、ここでけっこう。よそで飲んだ帰りでね、ちょっと寄っただけだから」

ほんとは丸子屋のおかみの一件と、つめたい川風のせいで、井筒で飲んだ酒はすっかりさめていたのだが、新兵衛はそう言った。

さりげなくおみねの手をはずして、奥にある飯台を前に腰をおろした。このまま家に帰ってもつまらないと思って寄る気になったのだが、新兵衛は「つくし」に寄ったことを少し悔みはじめていた。それが何のせいかは、よくわからなかった。少少感じがうるさいおみねの笑顔のせいなのか、それとも、板場からちらちらと無遠慮な眼をむけて来る、若い男のせいなのか。

「でも、お酒召し上がりますでしょ？」

「ああ、熱いのを一本つけておくれ」

「肴《さかな》は何にします？　白身のお刺身と小鯛の塩焼きですけど」

「刺身がいいね」

「あとはこんにゃくと唐芋の煮つけに酢蛸《すだこ》ぐらいですよ」

と言って、おみねはくすりと笑った。

「いつもおんなじ物ばっかり……」

「いいじゃないか。その煮つけももらおう」

と言ってから、新兵衛は自分がひどく空腹なのに気づいた。考えてみると、井筒では酒は飲んだが、あまり物を喰べなかった。

「それからね。酒のあとでお茶漬けを一杯喰わしてくれないか」

「はい、はい。承知しました」

酒が運ばれて来る間、新兵衛はさりげなく店の中を見回した。客は六人だった。お店《たな》者風の中年男が二人、職人と思われる身なりの若い者が三人、それに白髪の年寄りが一人だった。中年の男二人は、何かこみ入った話でもあるのか、額をくっつけるようにして、ひそひそと話し込んでいる。声は聞こえなかった。

若い職人たちが一番にぎやかだった。勢いよく盃をあけ、よく笑い、のび上がって前にいる相手の肩を叩き、銚子を振って、ねえちゃん酒だとどなる。そして年寄りは、新兵衛が来たときから身動きもせず、顔をうつむけてじっと盃を見つめている。背後の騒騒しい声は、気にならないらしかった。新兵衛からは年寄りの顔は見えず、薄くなった白髪の中からのぞいている、桃いろの地肌が見えるだけである。盃は酒が注がれたままだった。

新兵衛は、客から眼をはなした。土間は塵ひとつなく掃かれていて、羽目板も、板場の中もきれいに磨かれている。

――おみねは、きれい好きだったからな。

と新兵衛は思った。だが、それだけでないことも新兵衛にはわかっている。おみねは物欲の強い女でもあった。わが物と思えば、この店も磨き立てずにいられないのだろう。また板場の若い男と眼が合って、新兵衛がさりげなく視線をはずしたとき、おみねが酒と肴をはこんで来た。

「今日は、どちらにいらしったんですか?」

酌をしながら、おみねが聞いた。首をかしげるようにして新兵衛をのぞいたしぐさに、媚《こび》がある。おみねはすっかり水商売が身についてしまったな、と新兵衛は思った。しかし、それはべつに非難すべきことではない。

「仲町の井筒だよ。仲間の寄合いがあってね」

「まあ、遠いところですね」

「みんなそう言うんだ。料理茶屋なら、もっと近くにもあるんじゃないかと言うんだが、世話役の万亀堂さんがきかない」

「どうしてかしら？」

「長年使っていて、気心が知れているからと言うけれども、ナニだ、万亀堂は井筒に何かの義理があるらしいんだ」

「でも、万亀堂さんの義理のせいで、あんな遠くに呼び集められては大変ですね」

おみねはくすくす笑った。眼が細くて肉の厚いおみねの頰に、笑うと深いえくぼが出来て、表情が急に色っぽく変る。生の女くささが出て来た。新兵衛は、よく知っているおみねの固太りした肢体を思い出し、あわててうかんで来た記憶を消した。

「外は、まだ寒いんでしょ？」

「寒い、寒い、とても二月とは思えないね」

と新兵衛は言った。だが、船をおりたときの身体のこわばりは、もう消えていた。喉に流しこんだ酒が、ゆるやかに四肢に回りはじめるのを新兵衛は感じている。

「板場のひとが替ったね」

新兵衛は、若い男の方を見ないようにして言った。前は政吉という料理人がいたのだ。五十年配のおとなしい男だったが、刺身にしろ焼き魚にしろ、魚の料理が上手で、それに味のいい粥《かゆ》をつくった。

「政吉さんはどうした？」

「あのひと、身体をわるくして休んでいるんですよ。それで、仕方ないから庄ちゃんを頼んだわけ」

「庄ちゃん？」

「ええ、庄七というひとなの。知り合いの小料理屋で働いていたんだけど、おかみさんに頼んで譲ってもらったんですよ。あ、そうだ。ご挨拶させなきゃ」

「あ、いいんだ」

新兵衛はあわててとめた。新兵衛が考えていたのは逆のことである。

「そんなことはいらない。わたしは金を出して店を持たせた、あんたの旦那というわけじゃないんだから」

「それはそうですけど……」

おみねの頰に、またえくぼがうかんだ。新兵衛を見つめた眼に、薄青い膜がかかったように見えた。そういう顔になったおみねは、なぜかしたたかな女という印象を与えるのだが、その印象はほんとうのところ、正確ではない。おみねはそれほどしたたかな女というわけではなかった。

二

新兵衛が、おみねと身体のつながりを持ったのは、一年足らずのことにすぎなかったが、その間おみねは、もとの主人であり、そのときは齢のはなれた情人でもあった新兵衛に、比較的あたたかい気配りを示したと言ってよい。おみねはつめたい女ではなかったし、さほどたちの悪い女というわけでもなかった。それはいまも変りがない。

だが新兵衛は、そのころにも時どきおみねと言葉が通じていない、と思うことがあった。そういうときのおみねは、ちょうどいま新兵衛にむけているような、どことなくしたたかさを感じさせる顔をしたものである。

したたかと言っても、おみねは新兵衛に嚙みついたりするわけではない。ただ顔も固太りの身体も、そして物言いまで何となく鈍重そうな、テコでも動かない感じに変るのだった。新兵衛の言うことを、おみねはにこにこして聞いている。だが受け入れてはいなかった。

そういうとき新兵衛は、齢が違うのだから話が通じないのは仕方ない、と考えたり、またこの子はもともと、あまり利口なたちではないかも知れないと思ったりした。

だが新兵衛は、見方を間違えていたのである。頭がわるいどころか、おみねはひと一倍利に聡《さと》い女だった。おみねが、テコでも動かない鈍重そうな顔をするときは、自分の利が損なわれそうな話になったときで、そういうときのおみねは鈍重な顔つきの裏側で、めまぐるしくそろばんをはじいているのだと気づくまで、さほどの手間がかからなかった。

もっとも、新兵衛がわりあい短く、もとの奉公人との情事を切り上げたのは、おみねのそういう性格を知ったからではない。そうとわかってしまえば、おみねはむしろ扱いやすい女だった。新兵衛がおみねと手を切ったのは、ただ若い女というものが、だんだんにうっとうしくなって来たというだけのことにすぎない。

「でも、あたしはいまも、そのつもりでいますよ」

眼を薄青い膜で覆ったたまま、おみねが言った。

「………」

新兵衛は返事をしなかった。

おみねに渡した三十両の金は手切れ金である。しかも、新兵衛が二十両と切り出したのを、おみねが三十両につり上げたのだ。それで立派にケリがついている。その金がどう使われようと知ったことではない。たまたまその金で、おみねが店借りして飲み屋を始めたので、昔のよしみで来ているだけだよといってやりたかったが、そんなことを言っても、話が通じないのはわかっていた。

新兵衛を旦那にまつり上げておく方が得になると、おみねは例によってそろばんをはじいているのだろう。おみねはそういう計算はめったに間違うことはない女だった。

新兵衛は、不意に親指を立ててみせた。

「あの若いひとは……」

わざと板場は見ないで言った。

「あんたのコレなんだろ？」

「え？」

おみねはうろたえたように、ちらと板場の若者を振りむいた。そしてすばやく新兵衛に顔をもどした。

「いやねえ、ちがいますよ」

おみねは身体をくねらせた。くすくす笑った。眼の青い膜は消え、いきいきした表情にもどっている。

「庄ちゃんはただの雇い人ですよ。どうしてそんなことを言うんですか？」

「わたしに隠すことはないよ」

新兵衛は少し不機嫌な声で言った。おみねと若い料理人が出来ている、というのはただの勘だったが、多少の根拠はあった。ちらちらと新兵衛を見る若い男の眼には、ただ新しい客をめずらしがっているだけではない、もっとべつの感じが含まれている。新兵衛のことを、少なくとも話には聞いているのだ。むろん、話したのはおみねだろうが、どの程度まで話したのだろう。

「と言っても、出来る出来ないは、わたしにはあまりかかわりはないことだが……」

新兵衛は、酒を注いでもらった盃を飯台に置いて、おみねの顔をじっと見た。

「でも、どっちみちわたしのことは、あまりしゃべらない方がいいね。そう、むかしのことは言わん方がいい」

不安とも言えない、ほんの小さな危惧《きぐ》のために新兵衛はそう言ったのだが、その意味が十分に通じたかどうかは疑わしかった。おみねの頰にえくぼがうかんだ。

おみねは手をのばして、飯台に置いた新兵衛の手に触れた。

「そんなこと言いやしませんよ、誰にも」

「そんならいいんだ」

新兵衛は、すげなくおみねの手をはずした。

「さあ、それじゃ漬け物でお茶漬けでももらおうか。わたしの方はもういいから、ほかの客をかまってやんなさい」

いつの間にか、職人ふうの三人は姿を消していた。お店者と思われる二人の中年男と、白髪の年寄りは残っている。中年男二人は、まだ顔も上げずにひそひそ話をつづけ、白髪の老人は、じっと盃を見つめていた。板場の若い男にお茶漬けの注文を出してから、おみねが年寄りのそばに行った。

「どうしたの？　おじいちゃん。また、居眠りしてんの？」

おみねの声で、老人がぎくんと顔を上げた。いそいで盃に手をのばすと、なみなみと注がれた酒をひと息に飲み干した。

「あら、そんなにいそいで飲まなくともいいのに。こぼれちゃったじゃないか」

とおみねが言った。

三

店を出ると、寒気がまた、ひしと新兵衛を取り囲んだ。二月も半ばになるというのに、どうしたのだろうと思うほど、異常に寒い夜だった。

新兵衛はいくらか心細くなって、夜空を見上げたが、空は曇っているらしく、一面に暗かった。

――これで、駕籠がないなどと言われたら、おおごとだな。

そう思いながら、新兵衛は軒行燈の灯も残り少なくなった薄ぐらい町を歩いて行った。通りのはずれまで行けば、馴染みの駕籠屋がある。だが、そこまで行って駕籠はみな遠方に出払ってます、などと言われたらどうしようかと思ったのである。そうかといって、こんな寒い晩に、本石町の家まで歩けるものじゃない。

もっとも、そんな心配が先立つのも、年をとった証拠のようだった。若いころは、といってもわずか十年前のことに過ぎないが、そのころは駕籠がなければ、一杯機嫌で平気で家まで歩いて帰ったのだ。寒さなど屁とも思わなかった。

時刻はもう五ツ半（午後九時）を回ったようである。薄ぐらい町を歩いている者は稀だった。その大部分は酔っぱらいだった。垣根のきわに若い男が一人立っている。よく見ると、男は身体をふらつかせながら立ち小便をしているのだった。

長長と立ち小便をしていそぐ様子もないその男は、どうせ近間の町のものだろう。そう思いながら、新兵衛がうしろを通りかかると、男は不意に顔をねじむけてどなった。

「やい、おやじ。何か文句があるのか」

新兵衛はおどろいて、いそぎ足に小便男から遠ざかった。懐には小金が入っている。こんなところで酔っぱらいにからまれ、ついでに金に手をかけられたりしたら大変だ、と思った。この深夜では声を出しても、誰も助けてはくれないだろう。

新兵衛の心配は杞憂だった。駕籠屋はさすが商売でまだ起きていたし、駕籠もあり、店の土間では屈強の駕籠かきたちが煙草《たばこ》を吸っていた。

大きな軒行燈が出ている店の敷居をまたぎながら、新兵衛はひそかに安堵の息をついた。

「おや、小野屋の旦那さん」

奥から出て来た、駕籠かきにも劣らないほど大柄なおかみが、目ざとく新兵衛を見て言った。

「おめずらしい。しばらくこちらにはご無沙汰じゃなかったんですか」

「そう、そう」

新兵衛は、かじかんだ手を揉んだ。

「ひさしぶりに飲みに来て、遅くなった。家まで頼みますよ」

「はい、承知しました。今年はいつまでも、冷えますすねえ」

土間に降りて来たおかみは季候のことを言い、石の火鉢のそばで煙草を吸っている男たちに声をかけた。

「本石町まで行っておくれ。今度は誰だい？　鉄蔵《かねぞう》と政太かね」

名指された男二人は、いさぎよく煙管《きせる》をしまうと、新兵衛を駕籠に案内した。

ゆっくりやってくれ、と言ったので、駕籠はさほど揺れもせず、神田の町を走った。べつにいそいで家にもどることはない。町木戸が閉まるまでに帰り着けばいいのだ、と新兵衛は思った。

冷えびえした家の中の空気を思いながらそう考えたのだが、おみねの店に寄っても、別にたのしいことはなかった、とも思った。

以前は政吉という無口な料理人がいて、料理も上手だったが、客のことにおよそ無関心なのが気持よかった。おみねが、つきっきりで新兵衛の酌をしたり、無駄話をしたりしていても、意味ありげな目つきで客の顔をのぞくような、無作法なことはしなかったものだ。ほっといてくれた。

それでいて、政吉は新兵衛を無視しているのではなかった。心をこめた料理を出し、帰りに新兵衛が今日の肴はうまかったよと声をかけると、にこっと笑って、旦那またどうぞと言うほどの愛嬌は持ち合わせてもいたのだ。

そういう政吉がいて、以前身体のつながりがあったが、その後円満に切れた女と軽く飲みながら世間話をする一刻は、わるいものではなかったのである。

おみねと、また寝てみようなどと考えていたわけではない。おみねとのことは過ぎたことだった。だが一度身体を許し合った女には、それなりに赤の他人とは違う情があって、たとえば酒ひとつ飲むにしても、過ぎればやめさせるし、魚の骨を抜いてくれる手つきにも情がこもっていた。

世間話だけでなく、新兵衛はおみねに商いの苦労も話したし、面白くない時は家の中のグチ話まで聞かせた。おみねはそういう話を親身になって聞くので、話したあとは気分がさっぱりし、酒もうまかった。

おみねの店は、新兵衛にとってそういう場所だったのだが、今度はあの店に行っても、うかつなことは話せないな、と新兵衛は思う。なぜかは言うまでもない。おみねに男が出来たのだ。

男が出来て悪いとは言わない、と新兵衛は思う。おみねとは、いまは他人に還った仲である。おみねがどんな男を持とうと勝手だし、また性分のいい相手と結ばれたなら、祝ってやるぐらいの気持は持っているつもりだった。

――だが、あれがおみねの男なら……。

悪い組み合わせだと、新兵衛はひさしぶりに行ったおみねの店で、板場から鋭い眼をとばして来た男のことを考えている。

男は瘦《や》せ型のひきしまった身体を持ち、男ぶりも悪くなかった。料理人が板についた感じがする、いなせな男だった。だが、あの男は、眼つきに気になるほどの陰湿なところがあった、と新兵衛は思い返している。

料理の腕がどうなのかは、今夜一度行っただけではわからない。だがそういうことではなく、新兵衛は庄ちゃんという若い男が、おみねにとっても、おみねの店にとっても、決して福をもたらすことはないだろう、という気がするのだ。漠然とした予感だが、庄ちゃんはおみねのよさを引き立てることはなく、おみねの中にある悪い性格を引き出す男なのではないかと思われるのである。それが、実際にどういう形で出て来るのかはわからない。わからないなりに、新兵衛には確信があった。

これでも、長い間ひとを見て来た。あれはそういうタチの男に違いない。

——しかし、だからと言って……。

それでどうだというものではなかろうし、また新兵衛にどう出来るというものでもなかった。ま、あまりあの店には近づかない方が無難だろうと新兵衛は思った。少しさびしい気もしたが、もう前のように出来ないことはたしかだった。店の空気が変ったのだ。そして近づかなければ、おみねは赤の他人にすぎない。

「はい、旦那。着きましたぜ」

鉄蔵という男のドラ声がして、新兵衛は、駕籠がそっと地面におろされるのを感じた。履物を出して、駕籠の外に降り立つと、そこは店の前だった。

「寒いのに、ごくろうかけたね」

新兵衛は言って、駕籠賃のほかに、駄賃だと言って鉄蔵の手に余分の金を落としてやった。実際にさっきの心細かった気分を思い出すと、無事に家にもどれたのがありがたかった。

「今夜はもうおそいかも知れないが、二人で酒でも買っておくれ」

「こりゃあ、どうも旦那。いつも相済みませんです」

ドラ声の鉄蔵は、額の鉢巻をはずしてそう言うと、うしろの政太にも言った。

「おい、おめえもお礼を言いな」

二人の駕籠かきは、何度も頭をさげて帰って行った。二人の姿も、小さな提灯《ちょうちん》をぶらさげた駕籠も、すぐに遠ざかり、やがて町角を曲って見えなくなった。

四

新兵衛は、潜り戸を叩こうとして、ふと戸に隙間があるのに気づいた。押してみると、戸は難なくあいた。

――何という不用心だ。

と思ったが、主人が帰らないので、戸締りを遠慮したかと思うと、文句も言えなかった。新兵衛は土間に入って、潜り戸のさるを落とした。家の中に籠っている闇と冷えが、新兵衛を押し包んだ。

爪先で闇をさぐるようにしながら、新兵衛は店から家の中に上がった。家の者も奉公人も眠ったらしく、家の中は物音ひとつせず静まり返っている。

喉が乾いていて、お茶が欲しかった。茶の間の火鉢には、多分炭火が活《い》けてあるだろう。だが、行燈に灯をいれたり、火鉢を掘りおこして湯を沸かしたりするのも億劫《おっくう》な気がした。

新兵衛は茶の間の前を通りすぎ、手さぐりで台所に行った。そこで柄杓《ひしゃく》一杯の水を飲んだ。喉の乾きはそれで癒《い》えたが、今度は腹の底から寒けがこみ上げて来た。

新兵衛は台所を出ると、今度は茶の間の横を通って、奥の寝間に行った。夜盗のように足音を忍ばせた。同じ寝間に寝ているおたきは、もう眠っているだろう。眠っている女房を起こすことはない、と思った。目をさまして、何か言われたりするのも煩わしい。

部屋に入って襖を閉めると、新兵衛は物音をはばかりながら羽織を脱いだ。次いで腰をおろして足袋《たび》をはずす。

そのとき、闇の中でいきなりおたきの声がした。

「潜り戸を閉めて来たんですか？」

お帰りとも言わないから、てっきり眠っているものと思ったのに、おたきの声は少しも眠そうではなく、しかも険を含んでいた。

「閉めて来たよ」

「幸助がまだ帰ってないんですよ。閉めたら家に入れないじゃありませんか」

「まだ帰っていないって？」

新兵衛は一たんおろした腰を上げた。倅《せがれ》の幸助は半年ほど前から遊び仲間が変ったようだった。遊びに深入りしている様子はわかっていたが、まだ親にことわりなしに家を明けたことはない。

「昼すぎに出たきりかね？」

「そうですよ」

「よそに泊るとは言ってなかったのかい？」

「そんなこと、言うもんですか」

不意におたきは涙声になった。

「あの子は、このごろは顔を合わせてもあたしには口を利かないんですから」

新兵衛は、手さぐりで柱から手燭《てしょく》をはずした。枕もとの行燈のわきに火打ち石があるはずだ。這って行って火打ち石を見つけると、手燭に灯をともした。黙って部屋を出た。

夫婦の寝部屋と廊下をへだてて、小さい部屋が二つ並んでいる。倅の幸助と娘のおいとの寝部屋である。

新兵衛は、幸助の部屋の襖をあけた。手燭の光が、がらんとして人気ない部屋の中を照らし出した。

新兵衛は、胸が冷えるような気がしながら、しばらく部屋の入口に立ちつくしたが、ふと思いついて、ひややかな空気が澱《よど》んでいる部屋に踏み込むと、押入れをあけて見た。乱雑に折りたたんだ夜具がほうり込まれていた。

乱雑なのは、夜具だけではなかった。その下には、汚れた肌着や着換えの着物などが、わざと見せつけるように乱暴に丸めて押し込んであるし、枕は押入れの壁の隅に、突っ立っている。ほうり投げたのだ。

襖をしめようとした新兵衛は、折り曲げた夜具の間から、何かケバケバしい色彩の紙がのぞいているのに気づいた。引き抜いてみると、それは男女の秘戯の有様を描いた枕絵だった。秘戯図は五枚で、きちんと二つに折りたたんである。

「ふむ」

秘戯図をもとにもどし、鼻を打って来る若い男の脂くさい体臭から顔をそむけるようにして、新兵衛は押入れの襖をしめた。

手燭を手にしたまま、新兵衛は茫然と部屋の中に立ち竦《すく》んだ。息子が、あんな淫《みだ》らな絵を見ていたなどとは、夢にも思わなかったことである。はからずも息子の秘密をのぞいてしまった居心地わるい気分が、新兵衛をとらえている。

こっそりとこんな絵を見ている、と怒る気持はうかんで来なかった。男の子なら、いずれは興味を持つ種類のことである。そういう時期があって、やがて子供は一人前の大人になるのだ。

だが、幸助はまだ十九だった。新兵衛から見れば、まだ子供である。家業の手伝いに身が入らないことも、あまりたちのよくない仲間と、盛り場や岡場所をふらついている様子なのも、にがにがしく思わないわけではなかったが、子供だからと大目にみて来た部分がある。

いまに大人になる。大人になれば、親に言われなくとも、遊びと仕事を分けるぐらいの分別はおのずから出て来るだろう。

新兵衛は内心そう思っていた。だから時には見かねて叱ることもあったが、そう本気になって叱ったわけではない。そして幸助もまた、叱られれば子供の顔になって怯えてもみせ、二、三日は遊びにも出ず、神妙に店を手伝ったりして来たのである。

だが、手燭の光にうかび上がった極彩色の秘画は、幸助がもう決して子供ではないことを示していたようでもある。

——あんな絵を見たのは……。

いくつのころだったろうかと、新兵衛は自分を振りかえってみた。新兵衛は芝口金六町にある紙問屋治吉に奉公した。奉公の年季が明けるまでは、まったく女を知らなかったわけではないにしろ、女遊びどころではなかったし、幸助の押入れにあるような枕絵などは見たこともなかったのだ。

ああいう絵を見たのは、紙の仲買いに変って、商いの苦労を嘗《な》めていたころだ。たしか三十間堀に住む狂言師の家に出入りしていたときではなかったか。そうだとすれば、それは三十近い齢ごろの時期だったはずである。

——それでもあのときは……。

いい大人の自分が、思わず顔を赤くしたものだと、新兵衛は古い記憶をたぐり寄せながら思った。そう思うと新兵衛は、幸助の身に何かしら取り返しのつかないことが起きている、という気がして来るのである。

のぞき見たのは、息子が男女秘戯の淫らな絵を隠し持っている、ということだけではなかった。まだ子供のような顔をして、親も子供だと思っているが、幸助はもう大人だという事実だった。

息子が、大人のような秘密を隠し持ち、大人のような欲望を胸に抱えている一人の男だという考えには、どこか馴染みにくい、ざらつくような感触が含まれている。居心地わるい気分はそこから来るようだった。その息子は、小野屋の跡とりとして、どれだけの才覚を身につけていると言えるだろうか。

——失敗した。

新兵衛はいつものように、そう思った。幸助が十四になったとき、新兵衛は旧主である紙問屋治吉にねがって、幸助を奉公に出そうとしたことがある。

だが、女房のおたきが反対した。幸助は身体が弱かったのである。子供のころからよく風邪をひき、腹痛を起こした。そういうときは高い熱を出すたちだった。

商いの修業なら、家においても出来るじゃないかとおたきは言ったが、新兵衛はそうではないことを知っていた。商いは身体でおぼえるものなのだ。家の中に置いては、それが出来ないことがわかっていたが、とどのつまりおたきの言い分を受け入れたのは、新兵衛も息子のひ弱な身体を気づかったためである。

——だが。

やはり考えが甘かった、と思うほかはなかった。家に置いて、幸助に何ほどかの商いの才覚が身についたとは思われなかった。新兵衛自身が目の前の商いに追われて、息子のしつけどころではなかったし、番頭の喜八は商いの何たるかを心得ている男だが、新兵衛に頼まれているといっても、やはり主人の息子には遠慮がある。

幸助は、新兵衛に言われればおとなしく店を手伝うことはする。だが要するに手伝い小僧で、仕事に倦《あ》きればぷいと外に出てしまうのだ。新兵衛が店にいるときはともかく、そうでなければ、外に出る幸助をとめる者は誰もいない。そうして何年か過ぎてしまったのである。

新兵衛は太いため息をついた。息子が、一人前の商人にはほど遠い大人になりつつあることを、認めないわけにはいかなかった。ずしりと重いものにからみつかれた感触が身体を包んだ。

手燭を上げて、もう一度部屋の中を見回してから、新兵衛は外に出て襖をしめた。幸助は、今夜はもどらないだろうと思った。

廊下に出てから、新兵衛はふと思いついて隣のおいとの部屋をあけた。気づかれないように、静かに襖をすべらせて手燭を掲げる。

十四のおいとの寝姿は嵩《かさ》が低く、顔は白く小さく見えた。おいとは顔を仰向け、手足をのばして行儀よく眠っている。手燭の光にも目ざめる気配はなかった。新兵衛の胸に、はじめてあたたかいものがさし込んで来た。

――この子も……。

やがてはこの家をはなれて行くだろうが、まだ子供だ。こうして親の羽根の下で眠っている、と思った。

その思いは快いものだった。幸助の部屋で、失望と不安を味わったあとだけに、その思いにはひそかな喜びが混っている。だが子供を庇護《ひご》する喜びは、ついこの間まで幸助に対しても抱いていた感情だったのだ。

だが、息子は無私の親の愛情を煩わしく思いはじめ、裏切りにかかっているらしい。新兵衛は、下着を洗ってやるというと険しい顔をして怒る、とこぼしたおたきの言葉を思い出している。おいともやがて親を裏切るのだろうか。

新兵衛は、褌をしめて夫婦の寝部屋にもどった。新兵衛がおみねを囲ったことがわかって仲違いしてから、夫婦の床は部屋の端と端に引きはなして敷いてある。そのはなれた床から、おたきが自分を見ているのを感じたが、新兵衛は黙って手燭の灯を吹き消した。話すことは何もなかった。

暗い中で着換え、つめたい夜具に身体を横たえると、それを待っていたように、おたきが声をかけて来た。

「潜り戸は、そのままにしておくんですか？」

「幸助は帰って来ないよ」

と新兵衛は言った。

「でも、帰って来て戸がしまっていたらどうするんですか？」

「そのときは芳平を起こせばいい。もう、あれも子供じゃないんだから、そこまで心配することはない」

新兵衛は言って、寝返りを打った。芳平は使い走りや外回りの掃除、ちょっとした修繕仕事などの雑用に雇われている年寄りで、夜は潜り戸のそばの小部屋に寝ている。

「かわいそうに」

しばらくして、眠ったかと思ったおたきがまた声を出した。

「あの子がいまのようになったのは、おまえさんのせいですからね」

新兵衛は答えなかった。身をすくめて眼をつむった。そうじゃないと言えば、おたきの話は、新兵衛のむかしをとがめてきりがなくなるのだ。おたきのすすり泣きが聞こえた。

それでも、間もなく新兵衛に眠りがやって来た。眠りに落ちる寸前に、新兵衛はまぼろしのように丸子屋のおかみの白い胸を見たように思った。

見えない壁

一

「すると、その……」

新兵衛は、息子の堆《うずたか》い膝を見ながら言い淀んだ。こいつはいつの間にこんなに太ったのだろう。

「その玉木屋という小料理屋に泊ったと言うんだね？」

「うん」

「それで？　いままでその家にごろごろしていたのか」

「そう」

「連れは誰だね？　一人じゃないだろ？」

「徳太郎と仙太だよ」

同じ町の男たちだった。徳太郎は古手屋《ふるて》の息子で、仙太というのは、たしか研ぎ屋の倅のはずである。おやじが時どき台所に来て仕事をしている。

「あまりいい仲間とは言えないな」

新兵衛が言ったが、幸助は口をつぐんだままだった。

「小料理屋といっても、あのへんは女を置いとく店なんだろ？」

「……」

「隠してもだめだよ。あのあたりのことはよく知っている。女がいたろう？」

「まあね」

新兵衛は息子の顔を見た。太ってはいるが、血色がわるく青膨れたような顔だった。幸助はその顔にうす笑いをうかべていた。

新兵衛の頭を、押入れで見た淫らな絵がかすめた。肌がざわめくような不快感が走るのを感じたが、その気分を押さえて、穏やかに説いて聞かせる口調になった。

「常盤《ときわ》町のような場所に出入りしてわるいとは言わないよ。若い者には、遊びも必要だ」

「……」

「しかし、どうせ遊ぶなら、どうして吉原に行かないんだね。あそこなら女子《おなご》もきれいだし、本物の遊びがどういうものかも教えてくれる。金の遣い方、ひとととのつき合い様もわかって来る。あそこでする遊びなら、一人前の男になるのに役立つというものだ」

「……」

「べつに遊びをすすめるわけじゃないが、おまえもそういう齢ごろになったというのなら、遊ぶ金ぐらいは出してやるよ。もっとも……」

新兵衛は、息子の顔を正面から見据えた。

「遊びだけが一人前というのじゃどうしようもない。これまではあまりやかましく言わなかったが、おまえもそろそろ商いに身を入れる時期が来ているよ。仕事はみっちりやる。そうしたら、吉原に行くぐらいの金は出してやろう」

「せっかくだけど……」

と幸助が言った。

「吉原は好かないんだ。ああいう気取ったところは嫌いだよ。岡場所の方が情があるし、おれの性分にも合ってるね」

押さえていた憤怒が、新兵衛の胸に溢《あふ》れた。

「利いたふうな口をきくんじゃない！」

新兵衛が声を荒げると、幸助はぴくりと身体をふるわせた。

「仕事は半人前のくせに、遊びの好みまで言う気か。よし、そういう根性なら、もう甘い顔は見せないぞ」

「……」

「今日からみっちり働け。喜八に言っておくが、喜八の言うことをよく聞いて、仕事をおぼえるのだ。いいな。ことわりなしに店を出たりしたら、ただでは済まないよ。親を甘くみなさんな」

「……」

「仕事に身が入ったところが見えたら、遊びもゆるしてやる。それまでは、おかしな場所に出入りするのは禁じる。わかったか……」

言っているうちに、新兵衛は昨夜からの憤怒が胸に込み上げて来て、声をふるわせた。

「親にことわりなしに外に泊るなどは、もってのほかだ。それもだ、得体の知れない女子を抱えている曖昧屋に泊るなどとは、けがらわしいにもほどがある。それが十九の青二才のすることか。二度と許さんぞ」

声を荒げているうちに、新兵衛は昨夜から抱えている、息子に対する憤りの正体に思いあたっていた。

汚いこと、けがらわしいことを避けては、生きて行けない世界に、大人は住んでいる。商い、女、世間とのつき合い……。そういうものの間を、大人は時にひとを出し抜いたり、だましたり、本心を偽ったりして辛うじて泳ぎ抜くのだ。

そこには大人の喜びがないとは言わないが、その喜びは、時には罪の意識にいろどられ、時には薄汚れて、大方は正視に耐えない姿で現われて来るのである。そういう不純な部分を抱え込むことで、大人の世界が成り立っている。

子供には覗《のぞ》かれたくない世界だった。そして十九の幸助は、その世界を覗くにはまだ早いし、また覗く必要もないのである。幸助もおいとも、まだ親の庇護の下で、ぬくぬくと暮らすことを許されているのである。

何を好きこのんで、汚い大人の世界に首を突っこむことがあるのだ、と新兵衛は思う。一体何が不満で、親に逆らい、汚れた大人の世界に入って行きたいのか。汚れのない世界など、二度と帰って来はしないのに、なぜそう早くその世界を捨てたがるのだ。

「ともかく……」

新兵衛は、はやくも大人の汚れが身につきはじめたというふうに、不健康ないろに太っている息子の顔を、うとましげに眺めながら言った。

「このまま行けば、ただの遊び人が出来上がるだけだ。小野屋のあとをつぐ商人にはなれっこないよ。そのことを肝に銘じて、商いに身をいれることだ」

「………」

「わかったな?」

「………」

「わかったら、はいと言いなさい」

「はい」

と幸助は言った。

はたして説教が身にこたえたのかどうかは、わからなかった。だが新兵衛は、これ以上がみがみどなりつけても、さほど効き目があるわけでもあるまいという気もした。

息子に対する憤懣《ふんまん》の正体が、自分の子供が大人になることへの憤《いきどお》ろしさというものだとすると、いまさら怒ったところで仕方がないのだ。幸助は大人の世界を覗いてしまったのだし、身をつつしんだから元にもどるというのでもないだろう。

そう思うと、新兵衛は何となく気落ちを感じた。子供が大人になるのを阻むことは出来ない。あとはせいぜい、説教した程度のこと、まともな商人になるよう眼を光らせるといったことが残されているだけである。

新兵衛は、それ以上ものを言う気持を失って、もう店に行ってよいと言おうとした。そのとき、幸助がうなだれていた顔を上げた。

「ちょっと、出かけてもいいですか?」

「出かける?」

新兵衛はあっけにとられて、息子を見た。

「どこへ行くというんだね?」

「ええと、約束がありますから」

「誰と約束があるんだ?」

「徳太郎ですよ」

新兵衛に、まじまじと顔を見られても、幸助は眼をそらさなかった。平気な顔で新兵衛を見返している。

肉が厚く、表情が読みとれない息子の顔を、新兵衛は背筋に悪寒が走るような気分で見つめた。あれだけことをわけて話したことが、少しも通じていない、と思った。

「バカを言いなさい」

新兵衛は怒声をはり上げた。

「外に出るのは許さないと、たったいま言ったばかりじゃないか。寝言を言わずに、店に出なさい」

「でも、そろそろ店を閉める時刻でしょ?」

「そんなことは、おまえの知ったことじゃない。店に出て、後を片づけなさい」

「しかし、困るんだなあ。急に言われても」

幸助は言いながら、顔のニキビをつぶした。

「徳太郎が待っていると思うんだ」

「待たせておけばいい。ひと晩でも……」

新兵衛はどなったが、ふと思いついて聞いた。

「おまえ、遊ぶ金をどこから仕入れているんだね？　まさか、店の金に手を出してはいないんだろうな」

「そんなことはしないよ。かあさんにもらってるんだ」

「いつもか？」

「そうだよ」

「これだ」

新兵衛は、平静を失ってわめいた。

「いつだって、そうだ。かあさんがおまえを悪くしているんだ」

「ちょっと」

と言いながら、おたきが茶の間に入ってきた。

「声が大き過ぎますよ。お店まで聞こえますよ」

「聞こえたってかまうものか」

と言ったが、新兵衛は声を落とした。もし、店に客がいるのなら、大きな声を出したのはまずかったのだ。家の中に揉《も》めごとがある店とわかっては、客も興ざめするだろう。

「誰か、来ているのか？」

「鶴来屋さんですよ」

「なんだ、益吉さんか」

それなら遠慮することはないのだ。あの家の揉めごとは世間周知のことで、おれの家の揉めごとどころじゃないんだからと、新兵衛はこんなとっさの間にもむかしの奉公仲間と自分をひきくらべ、みみっちい優越感を味わったが、すぐにそういう自分を恥じた。

「上がってもらいなさい」

と言ったが、新兵衛は思い直した。こんなふうに空気がささくれ立っているときに、家の中に客を招き入れても仕方がない。

「いや、わたしが出よう」

新兵衛は立ち上がりながら、幸助の大きな身体をにらみ、その眼を女房に移した。

「益吉さんと、外に出るかも知れないが、幸助を外に出してはいけないよ。たったいま、当分遊びには出さないと話を決めたのだ。店で、片づけを手伝わせなさい。

いいね」

足早に店に出てみると、土間に鶴来屋の主人益吉が立っていて、番頭と話していた。店はもう表戸が降りていて、薄暗い土間と店の中を、奉公人たちがいそがしく歩き回っている。新兵衛が息子と話している間に、新しい荷が着いたとみえて、屈強な身体つきの奉公人二人が、積んである紙荷を、掛声もろともにかつぎ上げて、店の横に口をあけている土蔵に運び入れている。

「やあ、鶴来屋さん」

新兵衛が声をかけると、益吉はいつもの遠慮したような笑顔をむけて来た。

「いそがしいところを邪魔して、すまないね」

「なに、ごらんのとおりでもう店をしめる時刻ですよ」

新兵衛も笑顔をつくった。

「なにか、いそぎの用でも？」

「いや、そういうわけじゃないんだが……」

益吉は曖昧な表情になり、ちらと番頭の方に眼をくばった。

「いろいろと聞きたいことがありましてね」

「そんなら、外に出ようか」

と新兵衛が言った。

「あたしも一日店にいて、気分がくさくさした。外に出ましょう」

新兵衛がそう言うと、番頭の喜八がすばやく立って、店の隅から履物を持って来た。土間に降りる新兵衛に言う。

「さっき、小川村の荷がとどきました」

「いつものとおりかい？」

「ええ、いつものとおりです。品も改めましたが、なかなかようござんす。仁左衛門は漉《す》きの手が上がる一方のようです」

比企《ひき》郡小川村の仁左衛門は、新兵衛が仲買いをしていたころからつきあいがある漉家《すきや》で、新兵衛は問屋の仲間に加えられた時から、仁左衛門をまとめ役にして、村内の漉家数軒に金を出し、紙質などにこまかい注文をつけた荷を取る契約を交わしている。

その取引が近年になって実を結んで、新興の問屋ながら、小野屋の紙はバラツキがないという評判をもらっている。むろん仲間うちには内緒にしていることだが、喜八が言った言葉だけでは、益吉には何のことかわからないだろう。

「くるみ屋に行って来るから」

「行ってらっしゃいまし」

「それからね」

新兵衛は潜り戸のそばで待っている益吉をちらと振りむいてから、番頭の上に身をかがめた。声を落とした。

「幸助を外に出さないように。仕事を手伝わせなさい。おたきにも言ってある」

「かしこまりました」

喜八はそう言ったが、困ったような笑いをうかべている。喜八は四十を越えたばかりで、中背の身体も面長の顔もかっちりと引きしまって、いかにもやり手の番頭というふうにみえるが、主人の息子のしつけまでは手が回りかねる、という表情も仄《ほの》見える。

喜八の苦笑は、しかしまさか、縛っても出さないというわけにはいかないでしょう、と言っていた。新兵衛はもうひと押しした。

「もし家を出そうにしたら、きびしく言ってくださいよ。わたしに言いつかっていると言えばいい」

「承知いたしました。何とかしましょう」

「灯りをつけるといい。そろそろ暗くなって来た」

新兵衛は、益吉に待たせた詫びを言って、潜り戸から外に出た。外の方が、まだいくらか明るく、行きかうひとの顔が見えた。

二

昨日は冬のように底冷えして寒かったのに、今日は一日中日が照りわたったせいか、外に出ても暖かかった。空気はどんよりと澱み、靄のように白いものが、地面を這っている。暮れかけている空も、かすかな赤味をとどめている地平のあたりには、雲とも靄ともつかないものが漂い、その中に街路の突きあたりに見える江戸城の木立が、青黒くうかんでいる。

新兵衛は、益吉をうながして、道を右に折れると神田堀の方に向かった。主水橋の近くにくるみ屋という小料理屋がある。

「幸ちゃんが、どうかしましたかね？」

並んで歩いていた益吉が、不意にそう言ったので、新兵衛はどきりとした。声をひそめたはずなのに、番頭に言ったことを益吉は聞きとがめたらしい。

「いやね、近ごろ遊びに精が出て、仕事に身が入らないから……」

新兵衛は、わざとあけっぴろげな口調で言った。幸助のあの様子では、いずれ仲間うちにも道楽のうわさが洩れるだろう。それが避けられないとすれば、益吉には息子の行状は先刻承知で親はさほど気にしていないのだと匂わせておくのがいいかも知れない。

出来の悪い息子を持つ親の、すばやい防禦本能《ぼうぎょ》が、新兵衛に働いている。

「それで喜八にね。主人の息子だと思わずに奉公人だと思って、どんどん仕事をさせてくれと頼んだわけ。わたしもいそがしいから、そうそう倅に目を配っているわけにもいかない。店を預っている番頭に頼むのが一番だと思ったものでね」

「幸ちゃんがねえ」

言いながら、益吉はくすくす笑った。

「まだ子供だと思っていたが、もう女遊びなどはじめていますか。早いものだ」

「そう、あっという間……」

と新兵衛は言った。ほっとしていた。益吉は、それほど強く幸助の遊びに関心があるわけではないらしい。そしてむろん、遊びの中身まで知っているわけではなかろう。

「親が気づいたときには、もうすっかり生意気になってる」

「そんなものさ。あたしにもおぼえがある」

と益吉は言った。益吉にも息子がいる。益吉が婿入りした翌年に生まれた子供で、もう二十二になる。ただし、清次郎というその息子は出来がよく、父親を助けてよく働いているのを、新兵衛は知っていた。

「しかし、男には遊びも必要だからね。あたしらだって、ほら……」

益吉は新兵衛を振りむいた。

「治吉のあのきびしいおかみの眼をかすめて、よく安女郎を買いに走ったじゃないか。おたまという器量はよくないが気のいい女中がいて、そのおたまに鼻薬を利かせて裏口をあけてもらったりして」

「ああ、おたま。なつかしいな」

と新兵衛は言った。

「あのひとは、その後どうなったかな」

「なんでも指物師に嫁入って、三ノ輪のあたりに住んでるなんてことを聞いたね。会ったことはないが」

益吉もなつかしそうに言い、小さく首を振った。

「みんな、あんなものじゃないのかね。わけもわからず女遊びにうつつを抜かしたりしているうちに、いつの間にか一人前になって、いくぶん世の中がわかって来るとか……」

「そうそう、わたしも、それほど幸助の遊びを心配しているわけじゃない」

と新兵衛は言った。実際に、益吉とむかし話をしている間に、幸助の心配はいくらか薄らいだ気もしている。

「商人になろうという男が、木仏金仏でも仕方ないからね。ただ、遊びに気を奪われて、商いの修業がお留守になっちゃ困るので、そこのところを言ってるわけです」

「そこの手加減が、なかなかむつかしい」

益吉がそう言ったとき、二人はくるみ屋に着いた。

くるみ屋は、主水橋の手前、本銀町二丁目にあって、二階の部屋に上がると、部屋の窓から橋ぎわの柳や神田堀の水が見える。家から近いし、部屋も小ぎれいなので、新兵衛は店に来る客とこみ入った商談があるときなどは、よくくるみ屋を使って重宝している。

二人は、くるみ屋のおかみの案内で、二階の奥の部屋に通った。坐る前に、新兵衛は障子をあけて、外を眺めたが、靄のように白くにじむものを残したまま地上は昏《くら》さを増し、橋も水も見えなかった。対岸の主水河岸に、家家の灯が点点とまたたくだけである。

「鶴来屋さん、おひさしぶりですね」

おかみは、新兵衛と一緒に何度か来ている益吉にお愛想を言っている。

「今日はあったかで、はい。昨日はまた、冬がもどったかと思うほど寒くて、家じゃ一度ひっこめた炬《こ》燵《たつ》を出したほどでしたが……」

三十半ばの太ったおかみは、行燈《あんどん》に灯をいれ、女中がはこんで来た炭火を火桶に活けながら、愛想よくしゃべりつづけている。声は娘のように澄んで張りがある。

「小野屋の旦那さん、いつものでよろしゅうございますか？」

「ああ、それでいいよ」

「今日は活きのいい白身の魚が入っていますから、おいしい刺身をさし上げられると思いますよ」

「それはうまそうだね」

「おきみとおひさがいますけど、どちらかをお酌につけますか」

「いや、けっこう。ちょっとこみ入った仕事の話があるので、二人きりにしておくれ」

と新兵衛は言った。

酒肴《しゅこう》が運ばれて来て二人きりになると、新兵衛と益吉はおたがいに酒を注ぎ合って、無言で盃を干した。

「おかみが自慢しただけあって、この刺身はうまいよ」

新兵衛は刺身をつついて、益吉にもすすめてから言った。

「何か、いそぎの用でもあったのかね？」

「いや、昨日の集まりのことなのだ」

益吉は色の黒い顔に、にが笑いをうかべた。

「漉家のことで相談があったらしいが、おたねの言うことが、よくわからないものでね」

「ああ、あのことかね」

料理茶屋井筒で行なわれた問屋仲間の寄合いは、毎年二月に行なわれるその年の仲間の初顔合わせで、相談の中身も例年どおり、幕府に上納する三百両の冥加金《みようがきん》の割り振り、紙相場についての申し合わせなどだった。

江戸の紙問屋は四十七軒。中には商いの不振から廃業して仲間を抜ける者もいて、席上、その問屋株を譲りうけて新規に仲間に加入したものの披露目が行なわれるということも、数年に一度ぐらいはあるが、今年はそんなこともなく、寄合いは簡単に終るかと思われた。相談事が終れば、あとは仲間の絆《きずな》を確かめるための酒宴があるばかりである。

そう思われたときに、仲間世話役の一人、須川屋嘉助から重要な提案が出された。武蔵国三郡の漉紙の一手問屋扱いが、提案の中身だった。

江戸の紙問屋は、上方から来る下り船で運ばれて来る紙荷をはじめとして、諸国の紙を商っているが、中でも大きな比重を占めるのは地元武蔵国、男衾《おぶすま》、比企《ひき》、秩父三郡二十三カ村から産する大和紙である。比企郡小川村の細川紙から秩父の小判紙、宇田塵紙、美濃紙、半紙、栈留紙《さんとめ》、仙花紙、障子紙など、地元の田畑、川岸、土手に自生する楮《こうぞ》を原料とする多種類の紙が、江戸に送られて家家に入りこんでいる。

須川屋嘉助の提案は、これまで三郡の漉家が仲買いの手を経て、問屋をはじめ江戸府内の帳屋《ちょうや》、呉服屋、傘屋、合羽屋などに、自由に売り捌《さば》いていた商いの仕方を改めて、販売の権利を問屋仲間で掌握しようとするものだった。

むろん重要な相談事であるが、おたねには話が半分ものみ込めなかったろう。だから女房など出さずに、亭主自身顔を出せばよかったのだ、と新兵衛は思ったが、益吉が仲間の寄合いに出たがらない気持もわかっている。おたねの不身持ちは、仲間うちに知れわたっていて、そのことでは、益吉は長い間仲間から侮りの眼で見られて来たのだ。

――しかし……。

さすがに益吉だな、と新兵衛は思う。益吉は、新兵衛に言わせれば女房の浮気もとめられない情ない男だが、しかし人後に落ちない商売熱心な男でもある。

昨夜の寄合いのことにしても、おそらく話半分といったぐらいの、曖昧な女房の話の中に、聞きのがしならないものがあるのを嗅《か》ぎつけて、こうして確かめに来たのだろう。

女房の不身持ちを侮られながら、益吉は一方鶴来屋の商いは微動もさせていなかった。それどころか、じりじりと商いの儲けを積み上げていることは、女房のことでうしろ指を指す仲間も認めないわけにはいかないのである。益吉は、その商い熱心で、どうにか仲間うちの面目を保っている男でもある。

三

「その話はね、去年の秋の寄合いでも、ちらっと出たことなのだ」

新兵衛は手短かに、須川屋が出して来た提案の中身を説明した。

「へえ？」

益吉は、新兵衛が注ぐ酒を受けながら、訝《いぶか》るような顔をした。秋の寄合いにもおたねが出ていたのだが、益吉の表情を見ると、おたねはそのことを話さなかったらしい。もっとも、おたねの頭は男を物色するのにいっぱいで、話の中身などわからなかったかも知れない。

「しかし、それだと……」

益吉は飲み干した盃を膳に置きながら言った。

「漉家も仲買いも、すぐには承知しないだろうな」

「むろんだね」

　と、新兵衛は言った。

　三郡の紙荷の販売権を、問屋仲間が一手に握るということになると、紙の取引値、卸値は、問屋側の思うがままに決まるということになり、漉家側はむろん、商いのうま味を奪われる仲買いにとっても、事は死活の問題になるはずだった。

　腕一本、口先一丁の仲買いからはじめて、いまの店を持った新兵衛には、漉家、仲買い側に対する同情がある。須川屋の提案に乗るにはうしろめたい気持があった。その気持を口にした。

「ちょっと無理押しじゃないのかね。そこまで縛っては、商いの面白味がなくなる気もするね。そりゃ、われわれの商いは大そう楽になるだろうけど」

「須川屋さん、おひとりの意見かね」

　と益吉が言った。

「いや、そうじゃないようだ。万亀堂とか、森田屋とか、世話役連中つまり上の方で、以前から内内ですすめて来た話のようだね」

「無理押しだね」

　その場にいなかったせいか、益吉ははっきりと言った。顔をしかめた。

「いったい、どこから出て来た話だろうな」

「建て前は、問屋寄合所で立てた相場が守られていない、ということなのだが、本音を言えば年年三百両の冥加金を納めながら、問屋の権利である一手販売が認められていないという不満だろうね」

「よそとは事情が違うのにな」

益吉は首をかしげた。どうせ揉めるに違いない問屋側のその申し込みが、これからの商いにどうひびいて来るかと考えている顔つきだった。

「その相談はまとまったのかね。女房の話じゃ、さっぱりわからなかったけど」

「いや、決まったわけじゃない。あんたのおかみさんだけじゃなく女子衆《おなご》が五、六人いたし、誰も出て来なかった店もあったからね」

「ふむ、すると、決まるとしてもまだ先の話だな。いや、ありがとう。よくわかった」

と益吉は言った。

「上の連中の考えそうなことだね。むかしは、ずいぶん漉家や仲買いを泣かせて大きくなったところもあるらしいから」

「そうそ。なに、そんなにむかしのことじゃない。わたしなども、仲買いをしてたときは苦労したものだ」

と新兵衛も言った。

二人は盃をかわしながら、しばらく老舗、大店と呼ばれる仲間の悪口を言った。酒の肴《さかな》としては悪くない話題だった。悪口の中には、ひそかな競争心がひそんでいる。いつかは万亀堂や須川屋のような大きな店を張ってやるぞと、酒にあおられた自負心が疼《うず》くのだ。益吉も同じ気持だろう。

ただし、言いあわせたわけでもないのに、同じ老舗である治吉のことは、二人の悪口からのぞかれている。あそこは、二人の商いを仕込んでくれた店だ。奉公はきびしかったが、そのときの仕込みのおかげで、いまこうして紙商いの店を張っていられる。

——いや、やはり失敗したかな。

幸助も、ウムを言わせず治吉に預けるべきだったのだ。そうしていれば、いまごろ息子のことでこんなに思い悩むことはなかったに違いない。

ふと逸れた考えを追って、上の空で受け応えしていた新兵衛は、咎《とが》めるような口調の益吉の声におどろいて、口に運ぼうとした盃をもどした。

「え？　何と言ったね？」

「女房のことを聞いたんだよ」

と益吉は言った。酒が回って、益吉は顔が赤くなっている。だが、それとはべつに、益吉の顔にはどことなく陰惨な、打ちひしがれたような表情がうかんでいた。

益吉は、新兵衛よりひとつ年上だが、髪は新兵衛より黒い。だがそういう表情になると、額の皺や眼の下のたるみが目立ち、ひどく老けた顔になる。色が黒く細長い顔が、苦汁で練りかためたように萎縮して見える。眼だけが、さぐるような光を帯びて、新兵衛を見ていた。

「おたねが、昨夜仲間の誰かと、よそに飲みに回ったと聞いたんだよ」

「そうか」

「あいつが駕籠で帰って来たのは、四ツ半（午後十一時）過ぎだった。真夜中だよ。それで平気なんだ」

「……」

「寄合いが終ったのは、いつごろかね？」

「さあて、七ツ半（午後五時）ごろだったかな？」

「それから男と、ほかに回ったのだ」

益吉は、手酌で酒を注いだ。手がふるえているので、新兵衛が注いでやった。だが、せっかく注いでやった酒を、益吉はすぐには飲まなかった。光る眼で、じっと新兵衛を見ている。

「その男が誰か、あんたが見てるのじゃないかと思ってね」

その暗い声を聞いて、新兵衛は店で益吉を見たときに直感したことが、あたったのを感じた。武州三郡の澁家に対する申入れのことも聞きたかったには違いないが、どちらかといえば、その話はつけたりなのだ。

益吉は昨夜のおたねの浮気の相手を突きとめたかったに違いない。それでまだ空に日の気配があるうちに、店をたずねて来たのだ。

「あんたにその話を聞かせたひとは、相手のことを言わなかったのかね？」

「名前までは言わなかった。ただ、女房が若い男と井筒を一緒に出るところを見たと言っただけでね」

名前を言わなくとも、昨夜の今日、もう益吉の耳におたねの浮気が告げられているのである。新兵衛はぞっとした。

丸子屋のおかみを介抱しているところを、誰の眼にも見られずに済んだのは僥倖《ぎょうこう》だったと思わずにいられなかった。正体のないおこうを抱えて歩いているときに、仲間の誰かに会ったりしたら、いまごろはそっちのうわさが仲間の間を走り回っていたに違いない。

「見たんなら、言ってくれ」

と益吉が言った。

「べつにいたわってくれなくともいいんだ。こういうことには、あたしは馴れているからね」

「山科屋の息子だよ」

と新兵衛は言った。いや、見かけなかったと、とぼけるテもあったが、益吉の性分がそれでは済まないことを、新兵衛は知っていた。おたねの浮気を苦にしているくせに、益吉はその巨細《こさい》を知らずには済まされないたちだった。知って、さんざんに苦しんだあとでないと忘れられない。そういうたちだった。

どうせ女房の浮気を取締れないのなら、大きく構えて眼をつぶるというテだってあるのに、損な性分だと新兵衛は思う。

もしおたきが外で浮気をしたら、と益吉のグチ話を聞いているときに、新兵衛は思うことがある。おれなら殴り倒してでも浮気をやめさせるか、そうでなければ一時の狂気と勝手にさせておいて、こっちはこっちで若い女子でも囲う。それも悪くはない。

実際におたきが浮気をしたら、そんなことで済むかどうかはわからないが、そう考える新兵衛からみると、益吉のやり方は、自分で自分の傷をいじっているように陰湿なものに思われる。

浮気の中身を知って、どういう言い方をするのか知らないが、とにかく女房をなじることはするのだろう。だが、結果はといえば、傷つくのは益吉ひとりだけなのである。本人のおたねの方はけろりとしている。言って甲斐ないものなら、言わなきゃいいじゃないかと、新兵衛は忠告してみたことがあるが、益吉にはそれが出来ないのだ。どこまでも知りたがり、効きめもない繰り言めいた言葉で、おたねをなじることを繰り返しているらしい。

　ともかく、この男に隠しても仕方ない、と新兵衛は思った。そんなに知りたきゃ、知ってるだけを教えてやればいいのだ。

「佐太郎という名前だが、あんたも名前ぐらいは聞いてるのじゃないかね」

「名前は知っている」

「山科屋の跡取りらしく、商いの方はやり手らしいが、女遊びの方もなかなかという評判がある」

　益吉は痛みを我慢するような顔をした。その顔を見ているうちに、新兵衛はもっと言ってやりたくなった。そんなに辛い顔をするぐらいなら、聞かなきゃいいじゃないか。

「じつを言うとね。おたねさんは、その前にわたしに誘いをかけて来たんだ。どこかで飲み直して帰らないかと言われた」

　また辛そうにするかと思ったら、違った。益吉は新兵衛を見つめたまま言った。

「ことわったのか？」

「ことわったよ、冗談じゃない」

「女房と一緒じゃ、すぐうわさが立つからな。当然だな」

益吉はうつむいたが、すぐに顔を上げて、新兵衛の盃に酒を注いだ。

「でも、あんたがつき合ってくれたらよかったんだ。そうしたら、山科屋の息子なんかと、どこかへ行ったりはしなかったろう」

「わたしは信用されてるわけかね？」

「信用してるとも。だって、おたねは病気だよ。それは、あんたもわかってるはずだ」

「まあ、飲めよ」

新兵衛は益吉に酒を注いだ。それで酒が切れたので、手を叩いて女中を呼んだ。益吉の信頼は快いものだった。

新兵衛は、長いつき合いの奉公仲間が抱える家の中の悩みを、誰よりも深く理解しているつもりだった。それでいながら、気持のどこかにほかの同業の店主たちと同様に、一点、益吉を侮る気分があったことは否めない。益吉の信頼は、そういう新兵衛を一瞬狼狽《ろうばい》させ、つぎには恥入らせたようでもある。

——益吉の言うとおりだ。

と新兵衛は思った。世間の眼など気にせず、あのときおたねにつき合えばよかったのだ。軽く飲み直しながら、それとなく意見のひとつも加える。本当の友だちなら、そうすべきだったのである。

「あんたも、苦労するね」

酒をはこんで来た女中が去ると、新兵衛はあらためて益吉に酒をすすめた。女房のしつけも出来ない、と非難する気持は消えている。

それは益吉にはどうにもならないことなのだ。新兵衛は、声までやさしくなって言った。

「何十年も、そんな苦しみを背負って来たわけだ。よくがんばっている」

「意気地のない男だと思うだろうな」

益吉は笑った。笑ったつもりだろうが、顔がゆがんだだけだった。

「あいつは婿だから、と世間じゃ言っている」

「……」

「鶴来屋の身代が惜しくて去るに去られず、女房に踏みつけにされたまま、ここまで来たとみんなそう思っている。あんただってそう思っているはずだよ」

「いや」

「隠さなくたっていいよ。そう思って当然だ」

益吉は勢いよく盃をあけた。少し乱暴な飲みっぷりだった。

「今夜は、酒がうまいな。胸にあることをみんな話したくなった。話していいかね」

「いいとも、話せばいい」

「おれはね、新助さん」

益吉は、新兵衛のむかしの名前を呼んだ。口ぶりも、むかしの奉公時代に帰ったような、気取らない口調になった。声音に少し酔いが出て来ている。

「鶴来屋の身代にしがみついている、とみんながそうみている。そうじゃないとは言わないよ。それもある。だがほんとうの気持はべつにあるんだ。世間の見方とは違う」

「……」

「おれはね」

と言って、益吉はしばらく黙った。胸の中を確かめているような表情で、しばらく部屋の隅に眼をやっていたが、また顔を新兵衛にもどした。

「おたねがかわいいんだよ」

「そりゃそうだろう。自分の女房だからな」

「いやいや、そうじゃない。おまえさんはわかっちゃいない」

益吉は、もどかしそうに、手を振った。

「はじめはおれだっておどろいたよ。仰天したってやつだ。何だい、この女はと思ったね。これでも怒りもしたし、ずいぶん意見も言ったのだ」

「……」

「だが直らなかった。男好きなんてものじゃない。病気なんだ。そうわかったとき、おれは鶴来屋を出るべきだったかも知れない。だが、そのときはもう、子供が二人もいたしね。辛抱しようと思ったのだ」

「……」

「世間の物笑いに耐えて、じっと我慢したよ。そして、ここまで来てどうかと言うとだね」

益吉は深い溜息をついた。

「いまじゃ、あいつもあわれな性分だな、という気持が強くなっているね」

「そうか」

「そうとも。あわれな女だよ、あれは」

「そう思うところまで来たかね」

と新兵衛は言った。ぼんやりと益吉の気持がわかりかけていた。

「あんたも年取ったんだ、きっと」

「おれだけじゃないよ。おたねも齢だ。本人はまだ若いつもりでいるがね」

「……」

「そう言っても、べつに悟ったわけじゃないよ。おれは凡夫だからね。あわれな女だと思う一方で、男と遊んでたなんてうわさを聞けば、やっぱり頭に血がのぼる」

「そりゃ、そういうものだろうさ」

「それにね、変なことを言うようだけど……」

眼をそらした益吉の、酔いに染まった顔に、ふと痴愚に似た表情がうかんだ。その顔のまま、益吉は眼を新兵衛にもどした。

「信用出来ないかも知れないが、あいつは家の中ではごくやさしいんだ。おれは家の中じゃ大事にされてるんだよ」

「ほんとかね？」

新兵衛は啞然《あぜん》として益吉の顔を見た。おたねが、家の中で亭主にべたべたした口をきいているのは、時どき鶴来屋をたずねて見ている。だが、それは客である新兵衛の手前をつくろう、夫婦の芝居だろうという気がしていたのだ。

「おまえさんに嘘を言ってもはじまらない」

と益吉は言った。

「あんただって見ているはずだ。家の中じゃあのとおりなのさ。だからつい、こっちもその気になって、おや今度は気持を持ち直したかな、なんて思ったりするんだが、それが違うんだね」

「………」

「一歩外に出ると、すぐに亭主を裏切るんだよ、あの女は……」

益吉は、不意に声をふるわせた。

「そのたびに、亭主は世の中の笑いものにされるんだけど、そこのところが、おたねにはわからないんだね」

「困ったひとだな」

「いくら病気だの何のたって、これはたまらないよ。やりきれないよ。その身になってみなきゃ、わからないことさ」

益吉は、うつむいてすばやく眼をぬぐった。赤くなった眼で、新兵衛を見た。

「いったい、どういう女なんだろうね、おたねは」

それは愚問だった。亭主の益吉にわからないものが、新兵衛にわかるわけはない。だが、益吉が答えをもとめてそう言っているわけでないことは、新兵衛にもわかっている。

益吉は胸の中にわだかまっているものを、全部さらけ出して聞いてもらいたがっているのである。長いつき合いの中でも、益吉がここまで腹の中を打ち明けたのははじめてだと新兵衛は思った。醜態をさらけ出して見せている益吉に、新兵衛は気持をゆさぶられている。

身体を駆けめぐる酔いが、その感動を増幅したようでもあった。新兵衛は突然に、自分も胸に抱える悩みを、益吉に聞いてもらおうかという気持になった。話したら、さぞせいせいするだろう。

「でもね」

と新兵衛は言った。全部打ち明けてしまいたい気持がふくれ上がる。だが、そうするには、まだためらいがあった。言葉をえらびながら、新兵衛はつづけた。

「どこの家にも、似たような心配事はあるんじゃないのかね」

「……」

「おれの家だって、外に洩れていないというだけで、夫婦仲なんてめちゃめちゃだよ」

益吉は酔眼をみはって、新兵衛を見た。その顔にうなずいて、新兵衛はにが笑いした。

「あんたにはそんな話をしたことがないから、びっくりするかも知れないが、夫婦仲の冷えたのは、こりゃどうしようもないね。近ごろじゃ、一日中口をきかなかったなんてこともある。家の中では仲がいいというあんたの方が、どれほどましか知れない」

「いつから、そんなふうになったんだ?」

言いながら、益吉は新兵衛の盃に酒を注いだ。益吉は酒がさめたような顔をしているが、手もとは心もとなく揺れている。

新兵衛は、益吉の銚子に手をそえて、盃を受けた。

「わたしが以前、若い女を囲ったのはおぼえてるだろう？」

「ああ、そんなことがあったな」

と益吉は言った。手酌で、少しこぼしながら自分の盃に酒を満たした。

「でも、あれはちょっとの間だったじゃないか。それとも、まだつづいていたのか」

「いや、あれっきりだよ」

と新兵衛は言った。

「あれっきりだが、おたきはあれからずっと、おれを許していないのさ。こっちはこっちで、べつに許してもらう筋合いのものでもないと思ってるからね。ま、ひとつ屋根の下に住んでいるというだけで、他人みたいに顔をそむけ合って暮らしているわけだ」

「そんなふうかね」

益吉が顔を上げた。はじめて心配そうな顔をした。

「でも、そんなことじゃやっていけまい。これからどうするつもりなんだね」

「さあ、どうなるのかね。先のことはわからないね」

「その女というのは、その前にあんたの家で奉公してた子だそうじゃないか」

と益吉は言った。

「かわいい子だったんだな？　そのころから眼をつけてたのかね？」

「いや、違うんだ」

新兵衛は苦笑した。

奉公をやめたおみねと再会したのは、まったくの偶然だった。あるとき、仲買いの兼蔵を誘って、何気なく東両国の料理茶屋に立ち寄ると、そこにおみねが座敷女中で働いていたのである。

「べつに、その子でなくちゃならないということじゃなかった。若い女子なら、誰でもよかったのだ」

「それはまた、どういうわけだね？」

益吉が、あきれたようにつぶやいた。その益吉が、たびたび女房に裏切られながら、自分は浮気ひとつ出来ない男なのを思い出して、新兵衛は、これから言うことを、益吉がはたしてわかってくれるだろうかと思った。

「あんたは、自分が年取ったと思うことはないかね？」

「そりゃあるさ」

言下に益吉は言った。

「朝起きるのが辛くなったね。いや、気持のことじゃないよ。気持は治吉に奉公していたころと同じでね。朝寝したいとは思わない。だが、身体が辛くなった」

「……」

「夜ははやく眠くなるし、ちょっと無理すると、すぐに身体があちこちと痛んで来る。とても若いときのようにはいかないね」

「年取って、さびしいと思うことはなかったかね？」

「さびしい？」

益吉はきょとんとした眼で、新兵衛を見た。

「さびしがったところで、仕方なかろうが。ひとは年取るもんだよ。誰だって、そいつから逃げることは出来ないんだから」

「すると、さびしいと思ったことはないんだね？」

「さあて」

益吉は思案するようにあごをなでたが、すぐに新兵衛に眼をもどした。益吉の顔にはにかむような笑いがうかんだ。

「なにしろ、女房があのとおりだろ？　その心配と、ひとに侮られちゃならないという気の張りで、ずっとやって来たからね。正直言って、自分の齢のことなんぞ、考えるひまがなかったというところだな」

「あんたはしあわせだよ」

と新兵衛は言った。

「年取るってことは、さびしいことなんだよ。いや、そうじゃないか」

新兵衛は自分でうなずいた。

「いっそ年取ってしまえば、またべつの道がひらけるようだな。そうじゃなくて、髪は白くなる、歯もがたついてくる、はてなと思う時期があるんだよ。あんた……」

新兵衛は益吉に盃をさしながら、不意に言った。

「あちらの方は、まだ大丈夫かね?」

え? と言ったが、益吉にもその意味はすぐわかったらしかった。益吉はうろたえた顔になって、つと新兵衛から眼を逸らしたが、急に反発するような口調で言った。

「まだ大丈夫さ。それほど老いぼれちゃいないよ」

「おたねさんとも寝るのか?」

「うん」

「そうか。あんたは気持が若いんだな」

と新兵衛は言った。だがそれは、益吉がまだしのび寄る老いに気づいていないということかも知れなかった。そのときが来たら、益吉だってきっとうろたえるだろう。

「おれはそうじゃなかったね」

と新兵衛は言った。

「まだ四十前のことだが、はじめて髪に白いものを見つけて、どきりとしたことがあった」

「……………」

「だが、それで自分の齢を気にしたということじゃない。あのころはまだ、商いを大きくするのに夢中だったし、仲間株が手に入るかどうかの瀬戸ぎわにいたからね。齢なんか気にしちゃいられない」

「そうそう」

益吉が相槌《あいづち》を打った。

「ずいぶん金を遣ったと言ったね。百両から先の金を遣ったと言ったじゃないか」

「二百両だよ」

新兵衛は宙を見据えた。

「あのころは商いに張り合いを持ってたね。だが、首尾よく仲間株の譲り受けがみとめられて、これで一段落と思ったころだよ、ふっと自分を振りむくような気分があったね」

「……」

「ろくに遊びもせず、夢中でやって来たが、こんなもんかと思ったんだよ。これで、あとは年取るだけか、とね。変にさびしかったな。あんたはそういう気持になったことがないのか」

「おれは事情が違うからね」

益吉は口ごもるように言った。

「おれは鶴来屋の婿だし、それにおたねがあのとおりだろ。何としてもこの店に傷をつけちゃいけないという気持だけでやって来たから」

「そうか」

「自分の腕一本で商いをのばして来たあんたとは、気持の持ちようが違うんだ、きっと」

「そうかも知れないね」

と新兵衛は言った。

「おれはそうじゃなかったね。商いは、まあまあうまく行っていた。金にも不自由のないところまで来た。子供は二人、大病もせずここまで大きくした。あとは年取るだけかと思ったら、まだやり残したことがあるような気がして仕方なかったんだ」

「女のことかね？」

と益吉が言った。それもあったが、それだけではなかったと、新兵衛は思った。

四

「女のことだけじゃなかったな。もっといろいろなこと、たとえば、ほら……」

と新兵衛は言った。深い酔いの中から、ゆっくりと過ぎたむかしが立ち現われるのを感じながら、盃を持ち上げて酒をすすった。

「おたきは、ひとの世話でもらったんだ。仲買いをはじめて二年ぐらいしたころだったな」

新兵衛はそのころ、神田三島町の裏店に住んで、そこから仲買いの仕事に出ていた。注文が取れると、その足で武州の紙漉き村に走って行くような商いをしていた。夏など、家にもどると残して置いた飯が腐っていた。

たまたまそういう時に来合わせた、伊沢屋という、いまは潰れた小さな紙問屋の主人が、見かねて親戚の草履問屋に奉公していたおたきを世話してくれたのである。

「まだ、女房をもらえる身分じゃなかった。おたきだって苦労したさ。二人で梅干しでお粥をするような暮らしをしたからな。あとの商いのつなぎのために、どうしても漉家に金を握らせなきゃならないことがあって、その金を高利貸しから工面したことがある。ところが、その金を返せない。夜の夜中に、その高利貸しが家に踏みこんで来てな、とても暮らしてはいけませんと、おたきが家を出たこともあった」

「あのころのあんたの苦労は、あたしも知ってるよ。あんたはあたしのところにも金を借りに来たが、あのころはおたねのおやじがまだ生きていたから、婿のかなしさで、あんたが欲しい金の四が一も貸せなかった」

「おぼえてるよ。切羽つまってあんたのところへ行ったんだ。ほんとは、友だちのあんたのところに行きたくはなかったんだが、どうにも仕方ないところに追い込まれてね」

「そうか」

「ところが、人間というやつは勝手なもので、ことに借金するときは、眼の前の金しか見えていない。あとで正気にもどってみれば、返すあてもない金をよく貸してくれたものだとおどろくようなものだが、そのときはそうは思わなかった。恥をしのんで頼みに行ったのに、たったこれだけかと思ったもんな。言われた金を貸すのがいやだから、くれるつもりの小金を握らせて追っぱらう算段だろうと、ひがんだりしてね。つまり、気持がまだ商人になり切っていなかったのだ。金の有難味がわかっていなかった」

「そういうものさ。あたしにだって、おぼえのないことじゃない」

「三両だったな」

「そう、三両だった。その金は利息をつけて返してもらったよ」

「五年後だっけ？」

「いや、六年後だ」

二人は顔を見合わせて笑った。

「そんな有様だったからね。せめて女房に、暮らしの心配だけはさせたくないと思ったね」

そう、その一心で働いたもんだ、と新兵衛は言った。

「小さいながら、自分の店を持てたときはほっとしたねえ。むろん借り店だったが、もう喰うに困るようなことはなくなっていた。しかし、そこまで商いの恰好がつくと、今度は夫婦二人だけというわけにはいかなくなったから、奉公人を置いたんだ」

「……」

「あんたのように出来上がった店に婿入りしたひとにはわからんだろうが、奉公人を置くことも決心がいることでね。喰わせなきゃならないからね。おれはまた馬力を出して働いたよ」

「あれからは、あんたの商いは眼に見えてのびたな」

「はた目にはそう見えたかも知れないが、苦しい時期だった。扱う金も品物も大きくなっていたからね。危ないことが何度もあったよ。少しも油断出来なかった」

「ま、商いはそんなものだろうけど。しかしあんたは、よく乗り切った」

「つまり、そんなことで過ぎて来たわけだ」

新兵衛は空になった盃をつまんだまま、うなだれた。

「女房のため、生まれて来た子供のため、そして奉公人に不満がないようにと、そんなことで四十になるまで過ぎたのだ。そして、気がついてみると、髪が白くなっていたんだ」

「しかし、男なんてものは、大体そんなもんじゃないのかね」

「うん、そんなものだろうと思う」

新兵衛は、顔をあげて益吉を見た。

「それが不満だというわけじゃないよ。そうやってね、世の中を乗り切って来た、女房子供を飢えさせることもなくやってこれたことで、もって瞑《めい》すべきだという気持はある。と言っても益吉さん、それは男の理屈だ。飢えずに済んで、女房子供が有難がっているかといえば、そんなことはありゃしない。あたりまえだと思ってるよ、連中は」

「それはそうだ。おたねなんかも、その口だよ」

「ま、でもそれもべつに目くじら立てるほどのことじゃない。女房子供が有難がったりしたら薄気味のわるいことでね。そういう家もあるらしいけど、あたしは嫌いだね。家の中は亭主の稼ぎがあってあたりまえ、それでいいのさ。わたしが言いたいのは、もっとべつのことです」

「……………」

「こんなものかと思ったんだよ。懸命に働いて、こんなもんかとね。あとは老い朽ちるだけかと思ったら、何か忘れ物をしたような気がしたのだ。そのとき多分、わたしは過ぎ来し方も見たが、行先も見てしまったんだね。何かさびしい気がしたなあ」

「逆に言えばだね」

と益吉が言った。

「あんたはそこでひと息ついたんだね。あたしは治吉から鶴来屋に行ったから、仕事の苦労というものはそんなになかった。だがあんたは、治吉をやめて仲買いの道に入った。いったい、どうするつもりだろうと、あたしなんかは心配したよ」

「若かったからね。若いってことは不思議なものだ。いまはとても、あんなことは出来ない」

「ところが、あんたは仲買いをしながら小売りの店を持ち、とうとう腕一本で問屋仲間に入って来たんだからな。つまり功成り名遂げたわけさ」

「それは少し大げさだろう、益吉さん」

「いや、誰にでも出来るというもんじゃない。それでひと息ついたんだ。つまりあたりを見回すゆとりが出来たということだね。あたしのように婿で、その上札つきの女房を持つと、いつになってもまわりを見回すゆとりなんぞ出て来はしないけど」

益吉がにがい冗談を言い、男二人は低い笑い声を立ててお互いに酒を注ぎ合った。

「あんた、しあわせなんだよ。目ざしたことをやりとげたから。さびしいというのは、そういう男の気持のぜいたくというものじゃないのかね」

はたして益吉の言うようなものだろうか、と新兵衛は思った。こと商いに関して言えば、そうかも知れない。紙を商って、新兵衛は一軒の店を興すことに成功した。さびしいという感慨は、そのゆとりがもたらしたぜいたくな感傷だったと言えなくもなかろう。

――しかし……。

四十の坂を越えたころに襲って来た感慨には、もっと荒涼とした色あいがあった、と新兵衛は思う。

おたきは苦労をともにして来た糟糠《そうこう》の妻だった。だが振りむいてみれば、わがままで、さほど気が合った女房でもなかったのだ。そういう女だと気づかなかったわけではない。気がついていたから、長い年月の間に、数え切れないほどに夫婦喧嘩《げんか》もしている。

だが、仕事に気持を奪われている間は、おたきに対する不満も、長く新兵衛の胸にとどまることはなかったのである。いっとき罵《のの》り合ったあともすぐに仕事に追われて、何が気に入らなくて口争いしたかも忘れた。そんなふうにして月日を過ごして来たのだが、老境を垣間見た眼で振りかえってみると、おたきはつまり、これだけの女だったのだな、と思う気持もあった。

わがままで、自分本位な女だったと思う。身内のことで面白くないことがあると、おたきはその不機嫌を胸にしまっておけなくて、奉公人にまであたり散らした。ふだん暮らしの分別をわきまえないとも思えない女が、そういうときはあたりをはばからない口をきいた。

家の中のことにしてもそうだった。子供には甘い母親だったが、亭主には冷淡な女房だった。しみじみと寄り添って来るということがない女だった。子供が大きくなるにつれて、その態度は露骨になった。

母親のそういう姿が、子供に映らないはずはない。子供は甘い母親につき、きびしいことを言う父親を嫌った。

こんなものかと、新兵衛は思ったのだ。懸命に守って来たつもりのものが、この程度のもので、あとは老いと死を迎えるだけかと思ったとき、それまで見たこともない、荒涼とした景色を見てしまったのである。

「いま考えてみれば、ぜいたくだったかも知れないが……」

と新兵衛は言った。

「そのときはそうは思わなかったな。何か、こう、さびしくてね。もっとべつの暮らしもあったのじゃないかと思ったりしてね。たとえばの話だが、もっと気の合う女房とか、もっとかしこくて素直な子供に囲まれているおれってものもあったのじゃないかと」

「……」

「むろん、そんなことは、それこそ男の夢なんだよ。暮らしに不満のない男なんてありはしないのだ。満足してるってのは、どっかで自分を殺したり、無理をしてるってことでね。だってそうでしょ？　夫婦って言っても、赤の他人だよ。赤の他人が何十年も一緒に暮らすのだ。不満があってあたりまえで、なんにも不満がないというのは、自分でもわからずに、どっかで自分をごまかしているんじゃないのかね」

「こわいことを言うね、あんた」

と益吉は言った。

「ま、しかしたしかに、夫婦は他人だね。あたしだって、いまだにおたねのことじゃわからないところがあるものな」

「そういうものだと思うね。女房のことなら、何もかも知りつくしているなどというのは、そう思い込んでるだけの話でね。わかりゃしませんよ、ひとの心の中などは。人間自分の心だって、しかとはつかめていないのだ。どうしてひとの心がわかると言うんだね」

「……」

「だが、あのときはそこまでは考えなかったね。不満で、無性にさびしかった。不満だといっても、いまさらどうなるものでもない。取り返しのつくことじゃないことはわかっている。その取り返しがつかないという、そこがまたさびしくってね。いっそ、気の済むまでむちゃくちゃをやってみようかと。やるんだったら、まだちょっぴり元気が残っているいまのうちだと、とにかくやたらに落ちつかなかったね」

「その気持はわからないでもないな」

「で、何をやったかというと、女だった。大したことは出来なかったね」

「いや、あたしだって……」

益吉が声をひそめるようにして言った。

「何をやってもいいということになったら、手を出すのはやっぱり女だろうな」

「あんたもそう思うかね」

「思うとも」

力をこめて益吉は言った。

「ほかに何がありますか。酒？　酒は酔いがさめればそれっきりですよ。芝居見物、物見遊山、じきに倦《あ》きますよ。商いに精出している方が、まだ面白いようなものだ」

「………」

「だけど、女は違うね。酔って、酔ったままさめないいんじゃなかろうかと思わせるところがあるからね。新兵衛さん……」

益吉は酔いで光る顔を、新兵衛にむけた。

「あたしが女遊びに手を出さないのは、婿だから身をつつしんでいるのでも、女房がかわいいからでもありませんよ。さればといって、あたしが女嫌いというわけでもないことは、あんただって知ってる」

「うん」

「あたしゃ一度手を出したらとまらなくなるんじゃないかと、そこがこわい。それだけのことで、べつに芯から身持ちが固いというわけじゃないよ。だから、あんたの気持はよくわかるね」

「男は似たりよったりかね」

「女嫌いというのがたまにはいるけど、大概の男の気持の中身は、そんなものじゃないのかね。手出しする、しないはべつにして」

「男ってものはたわいないというか、何か不思議だね」

「うん、不思議だ」

二人は乱れた膳の上に、茫然《ぼうぜん》と眼を落とした。新兵衛は、ねっとりと重い酔いが身体の底に沈んでいるのを感じる。酒はもう飲みたくなかった。

それでも、持ち上げた銚子が空だったので、酒をもらおうかと言ったが、益吉はもういいと言った。酔後の、やや白けたような気分が、二人を包みはじめていたが、身体の底に酔いが漂っているだけの、がらんとした気分が快くて、新兵衛はまだ立つ気になれなかった。箸《はし》をとって、皿の上の崩れた豆腐をつついた。

「しかし、あんたの女遊びは……」

不意に益吉が言った。

「そんなに長くはつづかなかったじゃないか？」

「一年足らずだったね」

「気にいらなかったのかね。あのおみねという子が……」

益吉はおみねの名前も知っていた。

「気にいらないというのじゃなかった。なかなかよくしてくれたよ。それに若い子を一人囲うというのは、なかなか楽しいものだった」

「それじゃ、どうして？」

と言った益吉の声には、羨望がまじっている。

「酒とおんなじさ。ある日ふっとさめたんだよ」

「倦きたんだな」

益吉が眼を光らせた。

「ふむ、そういうことはあり得る」

「いや、倦きたのとも、ちょっと違うね。何というか……」

新兵衛はあいまいな笑顔になった。

「つまり、破戒無慙《むざん》というとちと大げさだが、相当の意気込みで女道楽をはじめたつもりだった。わたしは、固い男で通って来た。その男が女遊びのあげく、むかしの奉公人を妾に囲ったのだ。これは決心がいるよ」

「……」

「女房、子供が何だ。世間などくそくらえ、おれはやりたいことをやるというほどのつもりだった」

「気分がよかったろうが」

「はじめの間はね。だが、大したことはなかったな。若い女子の身体がめずらしかったのは、ちょっとの間で、じきにあたりまえの男と女のことになってしまった。疲れて一緒に寝たくもないときは、妾の機嫌をとったりしてね。ばからしいことをしてると思ったよ」

「ははあ」

「あんなふうに、物狂いみたいにやってみたかったことが、とどのつまりはこの程度のものかと、わたしの悪い癖なのか知らんが、ふっと、夢からさめた気分になったんだよ。それに……」

新兵衛は銚子を傾けて、わずかにしたたる酒を盃にあけた。だがそれを口にはこぼうとはせずに、ぼんやりした口調でつづけた。

「家だとか、女房だとか、自分を縛りつけているものからはなれた気分でいると、逆に女房のこともよく見えて来たね」

「女房などというものは、あわれなものだと思わないかね、益吉さん。亭主にどなられ、こづかれても、亭主が思うような女に生まれ変れるわけじゃない。自分もどなり返しながら、どこへ行くでもなく、二十年、三十年と亭主のそばで暮らすのだ。死ぬまでだ。それも、先を見通してそうしているわけでもあるまい。大概は、目先の暮らしに追われて、そうして過ぎてしまうのだ。あわれだねえ」

「……」

「あたしがおたねを見て思うことも、つまりはそういうことだね。長い間一緒に暮らしてしまうと、相手の欠点まであわれに思われて来るのさ。それでいいというわけじゃないが、ふっとかわいそうになる。だがおたねには、男のそういう気持はわからないだろうね」

益吉は茫然とした顔を、新兵衛にむけた。

「あんたのかみさんだって、わかっちゃいませんよ」

「うん、わかっちゃいないね」

「むかしのことを、まだ責めているんだ」

「むかしのこととは思っていないのだ。女房はわたしを、まだ油断のならない男だと思っている」

「やり切れないだろうな」

「身から出た錆《さび》だから、仕方ない」

新兵衛は低い声で笑った。

「ここまでこじれてしまうと、もうどうにもしょうがない。いまさら女房と仲よくしようとも思わないしね。もともと、そういう夫婦じゃなかったのだから」

「しかし、それじゃ毎日が地獄だろう」

と言って、益吉は顔をしかめた。

「あたしのとこだって、地獄だが……」

「あんたはまだいいよ。倅がしっかりしてるからね」

と言ったが、新兵衛はそこで幸助のことをこぼすのはやめた。酒が少しずつさめかけていた。幸助とむかい合っているときに感じた、まるで二人の間に見えない壁がはさまっているようだった、異様な断絶感を思い出している。

その奥には、ひとに話してはならない、不吉なものが隠されていたような気さえする。たとえば、いまに取り返しのつかないことでも起こりそうな……。

新兵衛は小さく身ぶるいした。幸助のことは、それ以上考えたくなかった。考えはじめると、不安はとめどなくなりそうだった。

「そろそろ、行きますか」

新兵衛が声をかけると、ぼんやりとうしろ手をついていた益吉が、あわてて身体を立て直した。益吉も、一人の物思いに心を取られていたようである。いくらか酒がさめて来た顔になっていた。

「行きましょう」

益吉はふんぎりをつけるように、きちんと坐り直した。

「今夜はすっかりごちそうになって」

「そんなことはいい。おたがいさまです」

くるみ屋のおかみに見送られて、二人は店を出た。

案外な長話の間に、夜が更けたようである。町はとっぷりと闇に包まれ、すれ違うひともいなかった。左右の町家から、時おり洩れて来る灯が、わずかに二人の足もとを照らすだけである。

「おたねさんを、あまり責めない方がいいね」

ふと思いついて、新兵衛は言った。

「長い眼で見てやらないと。いちいち咎めだてしても仕方ないだろう」

「わかっているよ」

力のない声で益吉が言った。

「ただ事情を知っておきたかっただけでね。責めるつもりはないよ。病気なんだから」

「そのへんで、駕籠を雇ったらどうかね」

足もとが少しおぼつかない益吉を見て、新兵衛はそう言ったが、益吉は歩いて帰ると言った。益吉の店は大鋸《おが》町にある。

黒い影が、少し揺れながら遠ざかるのを、しばらく見送ってから新兵衛は町角を曲った。幸助は家にいるだろうか、と思った。帰って行く家のつめたさが、どっと胸に走り込んで来た。

日の翳り

一

清涼院という、上野山内の塔頭《たっちゅう》をたずねた新兵衛は、用談が終ったあと山内の桜を見物しながら、ぶらぶらと黒門の方にむかった。

花はまだ三分咲きほどだったが、もう花見がはじまったとみえ、あちこちの木の下に蓆《むしろ》を敷いて坐り込んでいる人びとがいた。男だけの数人の集まりは、瓢《ひさご》を傾けて酒盛りをしていた。男たちはもう赤い顔をしていたが、高い声は出さずひっそりと酒を注ぎ合っていた。

時おり見回りに来る、山同心の眼をはばかっているのかも知れなかった。山内の花見は、酒は黙許されるが、魚と鳴物を禁じられている。敷物は持参することはなく、茶屋を出している山同心が貸してくれた。ただし黒門がしまる暮れ六ツ（午後六時）前には、同心が敷物を集めに来て、下山を促す。そういうきまりになっていた。

しかし二町あまりもつづく桜並木が満開になるころには、木木の下は花見客でいっぱいになり、山同心など気にする者はいなくなって、酔った高い声や口三味線の歌声などでざわめき、喧嘩《けんか》まではじまるのだが、いまはまだ季節のはじめの遠慮があるようだった。

男だけでなく、女もまじった一団もいた。家族連れらしい、子供をまじえた数人の花見客もいた。

——そういえば……。

家族だけで花見をしたということはなかったな、と新兵衛は思った。ここ数年は、新兵衛の店でも、おたきが采配《さいはい》を振って、奉公人を向島の夜桜見物に連れて行くようになっている。だが、女房、子供だけを連れて、花見をしたという記憶はなかった。

子供が小さかったころは、のるか反るかのきわどい商いに日を暮らしていて、花見どころではなかったのだ。そう思いながら、新兵衛は気の早い花見客と桜の花を半半に見ながら、ゆるい坂道を下った。晴れているがいくらか風があって、風はつめたかった。花見客も、日暮れ前には引き揚げるだろう。

門を出て広小路に降りると、新兵衛は上野に来るとかならず寄る水茶屋の軒をくぐった。清涼院を通して、新兵衛は山内の数カ寺に紙をおさめている。いつものように、賄賂《わいろ》を用意した商談はうまくはこんで、あとは店にもどるだけだった。いそぐことはない。

釜場のそばから立って来た女中が、新兵衛の顔をおぼえていたらしく、奥を振りかえった。

「お部屋があいてますけど」

「いや、いや」

新兵衛は手を振った。奥の部屋に通ると酒を出す店で、新兵衛は時おりこの店を商談に使ったりする。そのときに酌をした女中かも知れなかった。

「お茶を頂いて帰ります」

新兵衛は混んでいる客を避けながら、壁ぎわにすすんだ。そこで思いがけないひとを見た。

むこうも、新兵衛が立ちどまった気配に気づいたらしい。ゆっくり首を回して新兵衛を見た。やはり丸子屋のおかみ、おこうだった。おこうの顔に、おどろいた表情がうかんだ。

おこうは、女中らしい身なりの若い娘と一緒にお茶を飲んでいたが、毛氈《もうせん》の上のお盆に茶碗をおくと、いそいで立ち上がった。

「小野屋さん、あの節は……」

「これは、めずらしいところで」

と新兵衛も言った。下谷から浅草、寺院が多いこのあたりには、新兵衛にかぎらずほかの紙商も出入りしているはずだが、同業に出会うことはめったにない。

「ご商売ですか？」

「いえ、谷中にいる知り合いをたずねた帰りです」

言いながら、おこうは新兵衛の顔をじっと見つめている。それでいておこうの顔には、どこか戸惑うような、あわただしいいろが動くのを、新兵衛は怪しんだ。何か話すことがあるらしい、と思ったとき、はたしておこうが言った。

「小野屋さん、おいそぎですか？」

「いやいや」

新兵衛は、さいわい空いているおこうの前の席に腰をおろした。

「今日は商売の方は終りで、いま山で花見をして来たところです。お茶を一服して帰ろうと思っているだけです」

「お花見が、もうはじまっていますか？」

おこうがそう言ったとき、さっきの女中が新兵衛にお茶をはこんで来た。一服して、新兵衛は言った。

「花は三分咲きぐらいですが、けっこうひとがいましたな。これからは、にぎやかになるでしょう」

「お花見のお許しは、暮れ六ツまででしたか」

「そう、そう」

新兵衛はうなずいた。笑顔を、十六、七と思われる娘にもむけた。

「あなた方は、花見はまだですかな」

「ええ、まだ早いような気がしたものですから」

おこうは言ってから、娘の名前を呼んだ。利発そうな眼をした娘は、おつぎという名前だった。

「あなた、お花見をしていらっしゃい」

とおこうは言った。

「小野屋さんと、ちょっと内密の話がありますから。六ツまでには帰っていらっしゃいよ。ここで待っていますからね」

おこうに言われると、お供の女中と思われる娘は素直に立ち上がった。新兵衛にも辞儀を残すと、店から出て行った。

「いまのは、女中さんですか」

と新兵衛は聞いた。内密の話がある、と言ったおこうに、少しおどろいていた。

「あんなことを言って、大丈夫ですかな」

「おつぎのことでしたら、心配いりません」

とおこうは言った。

「あの子は、家に奉公に来てますけど、あたしの姪《めい》ですから」

「ああ、そうですか」

新兵衛は拍子抜けした。いらざる心配をしたようである。そういうことなら、美貌の同業のおかみと二人きりで話すというのは、たのしいことでなくもない。薄化粧の肌が、におうように若若しいおこうの顔を見ながら、新兵衛は微笑した。

「お話というのは何ですかな。丸子屋さん」

「小野屋さん、この間は……」

おこうは深深と頭を下げた。

「大そうご厄介をかけまして、ありがとう存じました」

「ああ、いや」

新兵衛は手を振った。あれからひと月近く経っている。その間、商いもいそがしければ、倅《せがれ》の心配もあったりして、一夜の記憶は夢のように淡い。正直に言えば、近ごろは丸子屋のおかみのことなど忘れていたのである。改まって礼を言われるとこそばゆかった。

「あたりまえのことをしただけです。わたしでなくたって、誰だってああしたでしょうよ」

「よっぽど、お店の方にお礼にうかがおうと思ったのですが……」

と言って、おこうはうつむいた。その顔がわずかに赤らんだのを見て、新兵衛はあのとき、眼の前のきりっとして威厳さえ感じさせるおかみの乳房を見たことを思い出したが、その記憶も、どことなく絵空ごとめいてほんとにあったこととは思えなかった。

うつむいたまま、おこうが言っている。

「でも、うかがってはご迷惑かと考えたりして、お言葉にあまえてそのままにしていました」

「それでいいのです」

と新兵衛は言った。

「あまり、大げさに考えない方がよろしい」

「でも、ずいぶん勝手な女子《おなご》だと思われたんじゃないかと思って……」

「とんでもない」

新兵衛は笑った。

「男はそのへんのことはごく雑なもので、お礼がどうこうと気にしたりはしませんよ。それより……」

新兵衛は、笑顔のまま声をひそめた。

「お家の方は大丈夫でしたか。うまくごまかせましたかな」

と言ったとき、新兵衛は眼の前のおこうに、かすかに親密な感情が動くのを感じた。小さな出来事だったが、あのとき二人は、間違いなくひとつの秘密を分け合ったのである。その秘密には、危険と同時に心をときめかすようなものも含まれていたのだ。

「ええ、家は大丈夫でしたけど……」

「家は？」

新兵衛は、鋭くおこうを見た。

「ほかに、何かあったのですか？」

「小野屋さん」

おこうが顔を上げた。そして混んでいる店の中を見回した。陽気がよくなったせいか、かなりの客が入っていて、店の中は絶え間ないざわめきで満たされている。

「どこか、二人だけでお話出来る場所はありませんでしょうか」

「こちらにおいでなさい」

新兵衛は、すぐ立ち上がって言った。ざわめいている店の中は、小声の内緒話には不向きだった。まわりの話し声が高いし、時おり無遠慮な眼が、二人をなめる。

二

新兵衛は、釜場に行くとそこにいたおかみに、奥の部屋を交渉した。部屋はさいわいに空いていて、二人はすぐに静かな部屋に案内された。何の飾りもない狭い部屋だが、話すにはそれで十分である。

「お酒をお持ちしますか」

案内した二十半ばの女中が、そう言った。

「いや、酒はいらないんだ」

新兵衛は、懐紙に手早く豆板銀を二つ包んで、女中ににぎらせた。

「お茶を持って来てください。それに餅《もち》菓子か何かを」

「かしこまりました」

酒はいらないと言われて、ふくれつらになりかけた女中は、銀を袂《たもと》に落とすと笑顔になって去った。

「さあ、話を聞きましょうか」

と新兵衛は言った。隣の部屋に酒を飲んでいる客がいるらしく、低い笑い声や話し声が聞こえて来るが、話の中身まではわからない。

「ここなら、何を話してもかまいませんよ。いったい、何があったのです？」

「小野屋さん」

おこうは頭をさげた。

「申しわけありません。ひとに見られてしまったのです」

「見られた？」

「ええ。あの晩、気分がなおって店を出るときに」

「誰に見られたんです？」

「塙屋《はなわや》さんです」

「……」

新兵衛は腕を組んだ。胸を一撃されたような衝撃があった。塙屋彦助の、いつも血走ったような眼をしている、陰惨な顔が眼にうかんで来る。よりによって、悪い男に見つかったものだと思った。

「気分がなおりましたので、階下に降りて女中さんに駕籠《かご》を頼みました。そうしたら、店の中に塙屋さんがいたのです」

塙屋彦助は、おこうを見ると、何でここにいるのか、誰かと一緒かとしつこく聞いた。彦助はかなり酔っていて、気分をわるくして休んでいたと信じ込ませるのに、おこうはひと苦労した。

おこうの言訳をようやく納得すると、彦助は今度は送って行くと言い出した。駕籠を頼んだと言っても、駕籠なんぞ追い返してしまえと、しつこくまとわりついた。しかし、そうしているうちに駕籠が来たので、おこうはその夜はどうにか難をのがれることが出来たのだが、それが終りではなかった。

「塙屋さんは、今度は私の店に来たのです。十日ほど前です」

新兵衛の胸は、早鐘を打った。

「わたしと一緒だったことが、わかったのだね？」

「ええ」

「ご亭主にも知れましたか？」

「いえ、その日は大事な寄合いがあるとかで、須川屋さんに行って留守でした」

「……」

新兵衛は安堵《あんど》の吐息をついた。最悪の状況はまぬがれたのだ。だが、つぎのおこうの言葉は、ふたたび新兵衛の胸を圧迫した。

「塙屋さんは、うちのひとの留守を狙って来たようだったのです」

店にいた番頭が、塙屋さんが来たと知らせたとき、おこうは顫《ふる》えあがった。およその察しがついたのである。しかし、むろん店先で出来る話ではないので、茶の間に呼びいれた。

「思ったとおりでした」

おこうは唇を噛んだ。

「小野屋さんと一緒だったことを、あの店のひとに聞いたというのです」

「腑《ふ》に落ちない話なので、たしかめに行ったのだね。しつこい男だ」

と新兵衛は言った。心づけも置いたのに、と思ったが、あの店の者を責めても仕方ないようだった。あんなところで飲んでいたということは、彦助ははじめて行ったわけでなく、多分馴染《なじ》みにしている店なのだろう。運が悪かったのだ。

「あたしは、もう隠しても仕方ないことだと思って、必死に事情を話しました。変なうわさを立てられては、あたしはともかく、小野屋さんが迷惑なさるとも言いました」

「それで？」

暗い気分で、新兵衛は聞いた。小野屋新兵衛のことなど知らない、とあくまでつっぱる手はあったのだが、それでそのやり方は消えたわけだった。しかし、女のおこうにそこまでもとめるのは無理だろう。

「信用してくれませんでした」

とおこうは言って、うなだれた。

「私は信用してもいいけれども、世間はそれでは通りますまいとか、うちのひとにそのことが知れたらどういうことになりますとか、言い方は丁寧でしたけれども、とても気味悪うございました。ひとをなぶるような笑い方をして」

「あの男のやりそうなことです」

新兵衛はつぶやいた。

三

彦助の狙いは何だろう、と新兵衛は思った。亭主の留守を窺《うかが》って丸子屋に来たというのは、胸にたくらみがあるのだ。

——金だろうか？　それとも……。

新兵衛は、不吉な思いで眼の前のうつくしいおかみを見た。

「それで？　彦助は結局何を言いに来たのですかな？　あなたをゆすりでもしましたか？」

「いいえ、その日はそれだけだったんです。また出直すと言って帰りました。出直すと言われても困るんです。いったい、どうしたらいいんでしょう」

「わたしが会いましょう」

と新兵衛は言った。さっきから胸の奥に燻《くすぶ》っていた怒りが、一度に表に出て来たようだった。新兵衛は、語気鋭く言った。

「彦助に会って、きっちり話をつけてやります。大体、あの男にそんな口をきかれるいわれは、ひとつもないんだ」

新兵衛が息まいたとき、さっきの女中がお茶と餅菓子をはこんで来た。商売用の笑顔で、ごゆっくりと言って引きさがろうとした女中を、おこうが呼びとめた。

「さっき、お店であたしと一緒にいた娘をおぼえていますか？」

「はい、おぼえてますよ、おかみさん」

「あの子がもどって来たら、こちらに知らせてくださいな」

「かしこまりました」

女中が去ると、おこうは考えこむように顔をうつむけた。その額のあたりを見ながら、新兵衛は言った。

「わたしにまかせてください。あんな変な店に連れこんだのが、わたしの手落ちだった。あなたに迷惑はかけられない」

「待ってください、小野屋さん」

おこうが顔を上げた。切れ長のきれいな眼が新兵衛をまっすぐ見つめた。

「もとはといえば、あたしが強いられて、飲めない酒をいただいてしまったのがいけなかったのです。小野屋さんはとばっちりをうけただけで、何の罪もありません。悪いのはあたしです。でも、それはそれとして……」

おこうは、また考えこむように首をかしげた。

「もう少し、様子を眺めてはいかがでしょうか？」

「様子を見る？」

「ええ」

おこうはうなずいた。

「塙屋さんは、出直すと言ったんです。出直して何を言って来るつもりでしょうか？」

「目当ては金でしょう。決まってます」

新兵衛は吐き出すように言った。あるいは彦助は、きっちりと弱味を押さえてしまった丸子屋のおかみに、もっとよからぬたくらみを抱いているのかも知れなかったが、新兵衛はそこまでは考えたくなかった。

「塙屋は、むかしからちょっとやそっとでは返せない借金を抱えている店でね。これまで何度もつぶれかけているのです。ご存じでしょう」

「いいえ」

「ご存じなかった？　そうですか」

　新兵衛はお茶をすすった。

「そういう店ですよ。でも、借金などというものは、商いをしている以上、多かれ少なかれどこの店にもあることで、それほどおどろくようなものじゃない」

「……」

「ただし普通の店なら、せっせと働いて、その借金を返します。彦助は返さないのですよ。そばについていて商いの様子を見たわけじゃありませんから、真偽のほどはわかりませんよ。わからないけれども、ひとのうわさじゃ、彦助は怠け者だそうです。酒もずい分飲むらしい」

「そうですか」

「それでも、どうにか店をつぶさないでいられるのは、急場の督促を、万亀堂さんが肩代りしてやっているからだと聞きましたね。塙屋の先代が、万亀堂さんからのれんを分けてもらったひとだからです」

「……」

「だから、その縁でもって、彦助が泣きついて行けば万亀堂さんは渋渋ながら金を出すということらしいのですが、同業の中には別の見方をしているひともいます。あなたのご亭主なども、きっとご存じですよ」

「彦助の店は、上方の何とかいう店と直取引があるのです。扱っているのは蔵物《くらもの》です。わたしは見たことがないが、上質の紙だという話を聞きましたな」

「そうですか、蔵物を」

とおこうは言った。

大阪の紙商人が扱う紙に、蔵物と納屋物《なやもの》の二種類がある。納屋物は、百姓、町人から仕入れる、いわばふつうの紙だが、蔵物は諸藩の貢租品などを、相場をたてて払い下げをうけ、市場に出すのである。中には製法秘禁の品も含まれていて、納屋物よりは数段質のいい紙として知られている。

「塙屋の先代は、のれんを分けてもらった当時は、仲買いに毛のはえたほどの商いをしていたそうですが、蔵物の直取引の道をつけてから、いまの店を興したと聞いています」

「……」

「彦助は、その蔵物の直取引の道だけは、いまもしっかりと握っているのですな。万亀堂さんが金を出しているのは、いずれその取引を譲りうける腹だと、そんなうわさを耳にしましたよ」

「はじめて聞きました」

「……」

「塙屋は、それで持っているのですよ」

　と新兵衛は言った。

「ただし、持っているというだけでね、塙屋は、もうどうしようもないだろうと、みんなが言ってますな。この間の寄合いのときも、誰も相手にしていなかった。そして相手にされていないことを、本人も知っているのです」

「小野屋さん、するとやっぱり……」

　おこうが眉をひそめた。

「お金でしょうか？」

「お金でしょうな」

　新兵衛はきっぱりと言った。おこうと話している間に、やはりそれが本筋だろうという気持になっている。彦助は女の身体よりも、金が欲しいはずだった。

「だから、わたしが会って、話をつけます」

「待ってください、小野屋さん」

　おこうは、心を決めたように、まっすぐ新兵衛の顔を見た。

「やっぱり、塙屋さんが何を言うつもりか、もう少し待ってはどうでしょうか」

「待つ？　言い分を聞いてみようと言うのですな？」

「ええ」

おこうはうなずいた。

「いまのところ、あのひとはあたしだけを、それもこっそりとたずねて来ただけで、小野屋さんのところには行ってないわけでしょ？　女子のあたしを、弱いとみておどすつもりだと思いますよ。それなら、そのうわさを世間にばらまく気持まではないんじゃないでしょうか」

「ふむ、それで？」

「もし、あたしからお金を取るつもりでしたら、少少のお金ならつごう出来ますし、小野屋さんは知らないふりをなさっている方が、事がおさまりやすいと思いますけど」

「やめなさい。お金を渡すなどということは」

と新兵衛は言った。

「もし十両、二十両の金で片がつく話なら、あなたが無理することはない。その金はわたしが出します。しかし、一たん十両の金でも渡してごらんなさい。あの男は、また来ますよ」

「………」

「とことんしぼられますよ。まず百両の金を用意しなきゃならんでしょうな。それで片がつくのなら、その金はわたしが用意しましょう。だが、片なんかつきゃしません。あなたからしぼれなくなったとわかれば、今度はあの男はご亭主をおどしますよ」

「……」

「そのときに言いわけが立ちますか？　無理ですよ、お金を渡してからでは。お金を渡したことで、今度はわたしとあなたの間に、何かあったのじゃないかと逆に疑われるのです」

新兵衛は部屋の障子を見た。日が翳《かげ》ったのか、それとも日暮れが近いのか、さっきまであかるく日を映していた障子が白っぽくなっていた。おこうの顔もさっき店で見たときのかがやきを失って、青ざめて見えた。

「わたしにまかせなさい」

と新兵衛は言った。

「いいですか、丸子屋さん。もともとひとにおどされるいわれなど、ひとつもないのです。お金でケリをつけようなどと考えるのはやめなさい。金を渡してしまえば、こちらの負けですよ」

「でも……」

おこうがつぶやくように言った。

「会って、どうなさるつもりですか？」

「殴りつけてやりたいぐらいですが、そうも行きますまい」

新兵衛はにが笑いして、わたしも、もうそんな元気はありませんと言った。だが腹の中には、彦助に対する怒りが煮えたぎっていた。

「とりあえず一杯飲ませて、腹を割って話し合ってみます。ざっくばらんに事情を話して、つまらない勘繰りをすると、後で自分が恥をかくことになるということを、あの男にわからせてやりますよ」

「……」

「いや、ほんと。いざとなったら、わたしはあなたのご亭主に会って始終を話します。いまごろそんな話を出すのは体裁が悪いけれども、謝るところは謝って、ちゃんと言いわけします。そうなったら、彦助におどされることはありませんからな」

「……」

おこうは何も言わなかったが、小さく首を振った。暗い表情に見えた。やはり亭主には知られたくないのだな、と新兵衛は思った。

「そこまでしなくとも、あのときの女中に立ち会ってもらうという手だってある。あの女中は事情をよく知ってますからな。ともかく、一度彦助に会ってみます」

「小野屋さん」

おこうは、まっすぐ新兵衛の眼を見た。

「でも、会って話して、塙屋さんが信じるとお思いですか？」

「……」

「世間は信じてくれないだろうとおっしゃったのは、小野屋さん、あなたじゃありませんか」

「だめかね？」

ふとおどけた声で言って、新兵衛は苦笑した。おこうの言うとおりだった。彦助は新兵衛の弁解など信じないだろう。おこうの亭主も信じないだろう。嫉妬《しっと》が加わる分だけ、疑いを濃くするのが関の山である。

——あの女中だって……。

新兵衛は、ものういような声でしゃべる、白粉《おしろい》の濃い中年女の顔を思い出しながら、頼りにはならないと思った。

女中が階下に降りてから、四半刻（三十分）近くも二人だけでいたのである。その間に何かあったと思われても仕方ないのだ。おこうと自分と、二人とも塙屋彦助の手に落ちたことを、新兵衛も認めないわけにはいかなかった。

「とにかく、言い分を聞いてみましょう」

とおこうが言った。

「その上で、またご相談しませんか？」

「そうしますかな」

と言ったが、新兵衛は胸の中に重苦しいものが残ったのを感じた。言い分を聞くと言っても、その言い分はあらまし見当がついているのである。わかっていて何の手も打てないというのが苛立《いらだ》たしかった。

新兵衛は障子に眼をやった。やはり一時日が翳っただけだったらしく、障子にはうすい日の色がもどっている。だが、新兵衛の気分は、さっきの日の翳りが胸の中まで入り込んでしまったように、沈みがちだった。

ふと気づいて、新兵衛は言った。

「後の相談と言っても、今日のように、外で顔を合わせるというわけにはいきませんよ。どうしますか?」

「手だてはございます」

とおこうが言った。

「ご迷惑でなければ、さっきのおつぎを使ってお手紙をさし上げますが、いかがですか?」

「わたしの方は、それでけっこう。それでは、その手紙で会う場所と、時刻を決めてもらいましょうか。わたしの方は、お指図のとおりに出かけますよ」

「それでかまいませんか?」

「かまいません。ただし大事の手紙ですから決して人手には渡さぬよう、わたしが店にいないときには出直してでも、とにかくじかにわたしに手渡すように、くれぐれも女中さんに言ってください」

「わかりました」

と言ったが、おこうはそこで、ちらと困惑したような顔をみせた。

「あの、場所は小野屋さんがご存じのところがありませんかしら。あたしはちょっと不案内なもので」

「ああ、そうですか」

深刻な話なのに、このやりとりはどこか逢引きの打ち合わせに似ている。ちらとそう思いながら、新兵衛は言った。

「それなら堀江町の三丁目、おやじ橋のそばに花井という小ぎれいな料理屋があります。そこに決めておきましょう。懇意にしている店ですから、わたしの名前を言えば、昼でも夜でも座敷に上げてくれるはずです」

丸子屋の店は、通二丁目にある。堀江町なら、いざというときに歩いてでも行ける。

打ち合わせが済んで、おこうはほっとした顔色になったが、すぐに障子に眼をやって、日の色を測った。

「それでは、そろそろあの子がもどる時刻かと思いますので、お先に失礼いたします」

「そうしてください。わたしはもう少しいてから、この店を出ましょう」

と新兵衛は言った。おこうは改めて新兵衛に手間をとらせた詫《わ》びを言って出て行った。

四

新兵衛は茶碗を取り上げて、残っているつめたいお茶を飲みほした。そのまま、じっと日の色がうすれて行く障子を見つめた。部屋の中には、おこうが残して行ったかすかな化粧の香がただよっていたが、仲町の曖昧《あいまい》宿でおこうの胸をみたときのような、心のときめきはなかった。

澱《おり》のように胸の底に沈んでいるのは、不吉な予感とざらつくような不快感だけである。おこうの前では、つとめて平気を装ったが、新兵衛には、この一件はいずれただでは済むまいという気持があった。とにかく、悪い相手に現場を押さえられてしまったのだ。

そして、ざらつくような不快感は、暗い怒りをともなっていた。

――彦助のやつ！

新兵衛はひとひねりひねった油断のならない口をきく、赤い眼をした男の顔を思いうかべながら、胸の中で罵《ののし》りの声を吐き散らした。

だが、罵ったところで何の役に立つわけでもなかった。おこうが言ったとおり、彦助が新兵衛の言いわけをすなおに信用するなどということは考えられなかった。それどころか彦助は、罵られようが、殴られようが、一度つかんだ他人の弱味にダニのようにしがみついてはなれないのではなかろうか。

塙屋彦助という男を、さほどよく知っているわけでもないのに、新兵衛には、その予感が動かしがたいもののように思われる。強いて言えば、商いの勘のようなものが、新兵衛にそう警告するのだ。

すぐ耳のそばで、暮れ六ツの鐘が鳴っているのを、新兵衛はぼんやりと聞いた。それにしても、おこうに近づいて来た彦助の狙いは何だろうか。

――やっぱり、金だな。

新兵衛の店に来ないで、おこうに行ったのは、まず弱いところから狙ったのだ。それに、あわよくばという卑しい下心だって、ないとは言えない。おこうには、男なら誰でも心を動かさずにはいられないような、脂の乗り切った色気があるのだから。

おこうにそのことを警告しなかったのが、悔まれた。ひとこと注意しておくべきだったと思った。おこうは賢い女だが、男のそういう下心に気づくほど、世なれてはいまい。

苦笑いして、新兵衛は顔を上げた。考えごとが、いつの間にか肝心のことからはなれて、くだらない男の嫉妬めいたところに落ち込んでいる。部屋の中は薄暗くなっていた。新兵衛は、さっき鐘の音を聞いたことを思い出した。おこうと女中は、もうこの店を出たろうと思いながら、腰を上げた。

思ったとおり、店にはおこうたちの姿はなかった。客の姿はまばらになって、広い店の中を掛け行燈《あんどん》の光がわびしく照らしている。おかみに、部屋を借りた心づけを渡して、新兵衛は店を出た。

外の方が、店の中より明るかった。上野の山から根津の方角にかけて、地と空が接するあたりには、まだかすかな夕映えがとどまっている。といっても、赤味が残るのはほんの帯幅ほどの細長い場所である。そこから中天にのび上がる空は、水色に澄みわたって、地上に白っぽい光を投げかけているだけだった。風はやんでいた。

広い通りを、せわしない足どりでひとが行き交っている。家路につく人たちだろう。職人がいて、お店者《たなもの》がいた。荷を背負った触れ売りの男もいれば、用足しに出た女房の姿もまじっている。みんないそがしく足を動かしていた。

その懸命な足どりが、新兵衛には好もしく思われた。帰って行く先には、きっとあたたかい家が待っているのだろう。家の者の笑顔と、湯気が立つ食べ物。

——むかしは……。

おれも、ひと仕事終えたあとは飛ぶように家に帰ったものだ、と新兵衛は思った。若かったおたきの笑顔と、まつわりつく子供たちの小さな手。そのあたたかい味を失ってからひさしい。

「旦那」

ひとの流れの中から、空き駕籠が寄って来た。駕籠かきは二人とも頬かむりをして、一人は太って、一人は痩《や》せていた。

「旦那、どちらまでお帰りですかい？」

「本石町だが、駕籠はいらないよ」

「そんなこと言わずに乗ってくださいよ。本石町ならもどり駕籠だ。安く行きますぜ」

「いらない、いらない」

新兵衛は手を振った。

「途中で寄るところがあるからね。またにしておくれ」

空き駕籠は、そう言われてもしばらくは新兵衛の尻について来たが、北大門町の角まで来てやっとあきらめたらしく、またもどって行った。駕籠を回すとき、ケチな旦那だと悪態をついたのが聞こえた。

——柄のわるい駕籠だ。

と、新兵衛は思った。振りむかずにいそぎ足に歩いた。駕籠に乗らなかったのは、考えなければならないことが一杯あるような気がして、歩きながら、じっくりと気持を整理するつもりだったのである。

だが、胸にうかんで来るのは、とりとめもない物思いだけだった。その物思いの合間に、憂いに沈んだおこうの顔や、顔色のわるい彦助の顔が何度もうかんでは消え、新兵衛の胸は不安と怒りでかきみだされた。

——結局……。

おこうの連絡を待つほかはないのだ。新兵衛は最後にそう思い、そこで考えを打ち切った。いつの間にか神田の内に入り、獣店《けだものだな》の近くを歩いていた。すっかり暗くなった道に、新兵衛は空き駕籠をさがした。疲れていた。

崩れる音

一

店にもどると、表戸をおろした店の中に、番頭の喜八と庄太という小僧が残っていて、新兵衛を見るとお帰りなさいと言った。帳場でそろばんをいれていた喜八は、すぐに立って来た。

「お帰りなさいまし。ごくろうさまでした」

「うん、ちょっとおそくなりました」

「清涼院さんの方に、何か面倒でも……」

「いやいや、あっちはうまく行った」

新兵衛は、席を譲ろうとする喜八に、手ぶりでその必要はないと示し、喜八を帳場にもどすと、自分は格子の外に坐った。

「今年も、これまでどおりに納めるということで話がついた。小川村の細川が二俵、播磨杉原が四〆、美濃紙一俵と二〆、奉書と障子紙はそのつどに注文と。それでよかったね？」

「そうです。それはよござんした」

「ただね、われわれのようなその程度の取引にも眼をつけて、喰い込んで来たところがいるらしいよ」

「それはどこですか？」

喜八が顔いろをひきしめて、新兵衛を見た。

「須川屋さんだよ」

「ははあ」

喜八は一度天井を仰いでから、首を振った。

「あそこは、寛永寺さんに納めているはずですがね」

「清涼院さんもそう言っていた。須川屋が来たからといって、長年のこっちの取引を切る気はないよと言ってくれた」

「ありがたいことです」

「しかし、そういう事情だとすると、来年は袖の下にもうちょっと重味をつけないといけないかね」

新兵衛は、番頭と顔を見合わせて苦笑したが、店の方は変ったことがなかったかねと言った。

「はい、べつに。ええーと、商いの方はこんなものです」

と言って、喜八は新兵衛に帳面をさし出した。受け取って、すばやく眼を走らせながら、新兵衛は言った。

「倉吉は、まだ帰っていませんか？」

「はい、まだです。おそくとも今日までにもどるはずだったのですが」

倉吉は小野屋の手代である。新兵衛の使いで、紙漉《す》きの小川村に行っていた。

「何をしているのだろ？　むこうで、何か面倒でもあったのかな」

と言ったが、新兵衛は手代の帰りがおそいのを、そんなに心配しているわけではなかった。倉吉は二十三の若者だが、商いに熱心で、商売の勘もわるくない。紙漉きで特別の契約がある仁左衛門のところにやったのだが、それほど面倒な用事というわけではないから、明日にはもどって来るだろう。

新兵衛は、帳面を喜八にもどした。

「ところで、幸助はどうしたね？」

「出かけました」

と喜八は言った。

「出かけた?」

新兵衛は、喜八の顔をじっと見た。

「また甘やかして、店を閉める前に出してやったのじゃないだろうね?」

「いえ、違います。ただ……」

喜八は眼をそらした。困惑した表情が顔にうかんだ。

「何か、まずいことでもあったのかい?」

「はい、いまさっき気づいたばかりなのですが……」

と言って、喜八は今度は店の奥、行燈の灯がぼんやりとどくあたりで片づけものをしている小僧を見た。その顔いろを読んで、新兵衛はうしろを振りむいた。

「庄太。片づけはもういいから、二階に行って休みなさい」

不意に主人に声をかけられて、小僧はびっくりしたようにこちらを見たが、すぐに元気よく返事して、店から出て行った。すぐに梯子《はしご》を駆け上がる足音がした。

二階には六人の奉公人が住み込んでいるが、庄太は一番下で、十五である。まだ遊びたいさかりなのだ。

「みんな、夕飯はたべたのかね?」

「はい。さっき済ませたようです」

「それで?」

新兵衛は声をひそめた。

「何があったのだね」

「ここから……」

と言って、喜八は机の下から金箱を引き出した。

「お金がなくなりました。帳尻が合いません」

「いくら？」

「五両です」

新兵衛は口をつぐんだ。重苦しいものが、胸に入り込んで来た。意外だとは思わなかった。いずれ、そういうことが起きるのではないかという懸念はあったのだ。だが現実に耳にすると、それはやはり不快で、気分は錘《おもり》をさげられたように重くなった。

念のために聞いた。

「幸助がやったというのだね？」

「だと思います」

喜八は、新兵衛の留守に来た、小野屋の上とくいの名前を言った。

「あたくしがそちらのお相手をしている間、若旦那がここに坐っていました。ほかに、金箱に近づいた者はおりません」

「……」

「もし、あたくしをお疑いでしたら、いまここで調べていただきたいのですが……」

「おまえさんを疑ったりはしないよ。わたしにも眼はある」

新兵衛はむっつりした顔で言った。深深と腕を組んだが、すぐに顔を上げて番頭を見た。

「そのことを、誰かに話したかね？」

「いえ」

喜八はびっくりしたような眼で、主人を見返した。

「誰にも話してはおりません」

「おたきにもかい？」

「はい、おかみさんは、旦那さまが出られてから、間もなくお出かけになりましたので」

「ああ、そうですか」

新兵衛はあごを撫でた。近ごろおたきが、行先も言わずにふっと家をあけることがあるのに、新兵衛は気づいている。様子では、町内の懇意にしている女房たちと、誘いあわせて寺詣りに行ったり、時には芝居をのぞきに行ったりしているらしく、夜おそく帰ることもあったが新兵衛はどこに行ったかとも聞かなかった。

陰気な顔で、家の中に籠っていられるよりはいい、と新兵衛は思っているのだが、おたきと言い幸助と言い、家の者がはっきりと行先も言わずに出たり入ったりしているのを、奉公人たちはどんな眼で眺めているだろうかと、ふと思ったのである。

「幸助のことだがね」

新兵衛は、帳場格子の中の喜八に、乗り出すように身体を近づけて言った。

「誰にもだまってて下さいよ」

「もちろんです、旦那さま」

喜八はまたおどろいたように言った。

「誰にも言うつもりはありませんです」

「うちの奉公人だけでなく、外でも洩らしてもらっては困りますよ。おたきには、わたしから言います」

「わかりました。それでは、あたくしはこれで帰らせてもらいます」

喜八は、金箱に帳面をそえて机に上げると、そっと新兵衛の方に押してよこした。

喜八は通い勤めで、家は小野屋からほど遠からぬ永富町にある。

「ごくろうさんだったね。気をつけてお帰り」

新兵衛は、受け取った金箱と帳面とを小わきに抱えて背をむけた。茶の間がある廊下に上がろうとしたとき、うしろから喜八が、旦那さまと呼んだ。新兵衛が振りむくと、喜八はいそいで立って来た。

「お留守のときに、塙屋さんが見えました」

「……」

新兵衛はゆっくりと身体を回して、喜八を見た。灯から遠ざかったので、顔いろが変ったのは気づかれずに済んだようだった。

「生憎でした。旦那さまがお出かけになって、間もなくだったもので……」

「塙屋さんは……」

と言って、新兵衛は軽い咳ばらいをした。

「何のご用か、言ってましたかな？」

「いえ、また出直して来るとおっしゃってましたから、急なご用でもなかったのでしょう」

出直す？　丸子屋のおかみおこうに言った言葉と同じだと思った。彦助のやつ、やっぱり来たかと思ったとき、喜八が言った。

「もっとも、おかみさんとは少し話されたようです」

「おたきとかい？」

また重い衝撃が、新兵衛の胸を内側から叩いた。彦助は、あのことをおたきに話してしまったのだろうかと思った。

「何かこみ入った話のようだったかね？」

「いえ、角の更科屋さんのおかみがお迎えに来て、おかみさんが店に顔を出したところに塙屋さんがいたもので、ちょっとお話されただけで。おかみさんは、出かける支度をなさってましたから、じきに奥に引き返されたようでした」

「すると……」

安堵の息をついて、新兵衛は言った。

「塙屋さんは、家の中には上がらずに帰ったのだね？」

「そうです」

「何の用だろうね」

更科屋というのは、同じ町で足袋《たび》、股引を商っている店である。おたきはそこのおかみと懇意で、よく行き来しているようだった。今日も二人でどこかに行く約束でもあって、更科屋のおかみは、彦助が来たのと前後しておたきを迎えに来たという事情らしい。

それなら、彦助がおたきと長話するひまはなかったはずだ、と思いながら、新兵衛は何気ない顔をつくって言った。

「ま、いそがしい話なら、明日にも出直して来るでしょう。ごくろうさん」

喜八が改めて帰る挨拶をし、店に引き返すのを見てから、新兵衛は灯のない茶の間に入った。とりあえず金箱と帳面を下に置き、行燈の灯をともす。主婦のいない、寒ざむとした部屋の中のたたずまいが、灯の光に浮き上がった。

立ったまま、しばらく部屋の中を見回してから、新兵衛はのろのろと羽織をぬいだが、不意に、つき上げて来た憤怒に動かされて、手にまるめた羽織を下に叩きつけた。

ついに店の金に手をつけはじめた幸助、奉公人の夕食の支度も念頭になく、行先も告げずに外に出たおたき。そして彦助だ。

幸助は、新兵衛が説教したあとは、さすがに昼日中から遊びに出ることはせず、店に出て喜八を手伝っていたようである。ただ、夜になると不意に姿を消す。そして帰りはおそかった。

しかし無断で泊るようなことはなくなったので、新兵衛はまあまあだと思っていたのである。いまの幸助に満足しているわけではなく、また性根を入れ替えたとみたわけでもなかったが、親の見る眼はどうしても甘くなる。いやいやながらでも商いを手伝っていれば、そのうちには商いの面白味に気づいて、身が入らないものでもない。

半信半疑ながら、ぼんやりとそう思っていた甘い期待を、幸助は一撃に打ちくだいたようだった。五両の金をかすめ取れば、夕方にはわかると知ってやったことなのだ。

——今夜は、もどらないだろう。

幸助が、家をあけるつもりで出て行ったことが、新兵衛にははっきりと読みとれた。怒りと無力感が、交互に新兵衛を苛《さいな》んで来る。しばらく様子を窺っていたが、またはじめたというわけだと思った。膝の前に据えての説教など、何の役にも立ちはしなかったのだ。この家の明日は、どうなるのだろう。

怒りは、そんな幸助をよそに、勝手に家を外にしはじめたおたきにも裾わけされる。

——いったい……。

いつまで、このおれを責めれば気が済むというのだ、と思った。執念深い女子だ。二年前のこと、それもとっくに過ぎたことを根にもって、まだこのおれを苦しめるつもりでいるらしい。

「いや」

新兵衛は、ふと思いついたつぶやきを口にした。

そうではないかも知れない、とちらと思ったのである。振りむいてみれば、おたきはわがままで、さほど気が合った女房ではなかったと、あるとき新兵衛は目がさめたようにそう思ったのだが、おたきだってそう思わなかったとは言えない。

おたきは芝居が好きだった。若いころからよく芝居の話をし、はやりの役者のことを、おどろくほどよく知っていた。芝居に連れて行ってくれと、新兵衛にせがんだこともある。だが新兵衛はいそがしかった。女房を芝居に連れて行くゆとりなどはなかった。金もなくて、百文の金も商いに注ぎ込まねばならないなどというときに、そんなことを言われると頭からどなりつけた。金に多少のゆとりが出来てからも、商いに追われることは同じで、金をやって近所の女房たちと一緒に芝居見物に出してやることはしても、自分が連れて行ったことはない。

——ただの一度もなかった。

と新兵衛は思った。

芝居だけのことではないかも知れなかった。ほかにも、おたきが新兵衛に抱く不満は、いくらもありそうに思えた。

おたきだって、思ったかも知れないのだ。さほど気が合う亭主でもなかったのに、暮らしに追われ、子供にかまけて、一生連れそう羽目になってしまったと。もしそうなら、おみねのことなどは、たまたま起きた、亭主を責めるきっかけのひとつに過ぎなかったろう。

堅固な建物のように見えた家が、たわいなく崩れて行く感覚に、新兵衛は包まれている。新兵衛は、崩壊するその音を聞いた。塙屋彦助は、その崩壊に手を貸すために現われたようにも思える。

二

台所から聞こえて来る若若しい笑い声に、新兵衛はふとわれに返った。茶の間を出て、いそいで台所にいった。怒りはさめて、腹がすいていることに気づいている。台所をのぞくと、おいとが振りむいた。

「あら、おとっつぁん。帰ってたの？」

と、おいとが言い、女中のおしまがお帰りなさいましと言った。おしまは子持ちの寡婦で、齢《とし》は三十半ば。子供を連れたまま小野屋の住み込み女中になってから三年経つ。

おしまは色が黒くこわい眼つきをして、口が大きい。職人だった亭主が、女をつくって逃げたというのは、その不器量のせいかと思うほどだが、気性はやさしい女だった。言葉づかいがおとなしく、煮物、焼き物の腕もたしかなので、小野屋ではいい女中をひきあてたと重宝にしていた。

おいとは、そのおしまを手伝って台所の後片づけをしていたらしい。かいがいしく赤い襷《たすき》をかけ、手を濡らしていたが、屈託のない笑顔を新兵衛にむけた。

「ご飯は？」

「まだだよ。何か食べさしておくれ」

と新兵衛は言った。

「おそいから、外で食べて来るのかと思ったのに」

とおいとが言った。おいとは明るい気性で、男の子のようにはっきり物を言う。

「おかずなんか残っていませんよ。安吉がみんな食べてしまったもの」

「そんなこと言わずに、わたしにも食べさしておくれ」

と新兵衛は言った。安吉は十八になる奉公人で、身体も大きいがよく食べるので、その大喰いがいつも朋輩のからかいの種にされている。もっとも安吉は、車力について一緒に外を走り回るので、腹もすくのだ。

「おかずはございますよ」

おしまが笑いながら言った。おしまは、もう手早く戸棚から焼き魚を出し、隅の火の上に金網を渡している。

「ちょっと火をあてますから。お茶の間にお持ちしましょう」

「いや、ここでいいよ。ここで食べよう」

新兵衛は板の間に敷いてあるござの上に坐った。幸助の盗みと、おたきの不在でがっくりと落ち込んでいた気分が、何事もなさそうに台所で働いている二人を見て、いくらか持ち直している。

おしまの支度は早かった。じきに新兵衛の前には、あたため直した汁と火あてした焼き魚をのせた膳が据えられた。

「ご飯がさめましたけど」

「なに、かまわないよ」

と新兵衛は言った。固い床に膝をそろえて夜食を食べていると、治吉に奉公していたころのことが思い出された。むろんそのころは、膳の上に魚が上ることなどめったになく、漬け物と味噌汁で、あわただしく空き腹を満たすだけだったが、三度の食事はたのしく、いまよりはるかにおいしかった、と新兵衛は振りかえる。

幸助に、やはり他人の飯を喰わせるべきだったと、新兵衛はあらためて思った。おいとは、流し場にうずくまって、せっせと物を洗っている。きりっと袖をからげた恰好といい、無駄のない手つきといい、台所仕事が板についている。

――しかし、性分かも知れないな。

幸助は、いくら厳しく言っても商い仕事に身が入らないが、おいとは誰に強いられたわけでもないのに、ああしてきびきびと働いている、と新兵衛は思った。身体を動かすことを厭《いと》わない娘を見ていると、気分がまた少し明るさを取りもどすようだった。

新兵衛がおいとを見ているのに気づいて、ご飯をよそっていたおしまが、おいとに声をかけた。

「お嬢さま、そのぐらいでけっこうですよ。どうもありがと。あとはわたくしがやりますから」

「いいんだよ、おしま」

と新兵衛は言った。

「この子は、台所仕事が好きなのだ。子供のころから台所に入ってうろちょろしては、ばあさんに叱られていたものだ。ええと、何と言ったっけ？　ばあさんの名前を度忘れした」

「おかねさんよ」

振りむかずに、おいとはむかしいた女中の名前を言い、くすくす笑った。

「そう、おかねばあさんだ。おしまが来る前にいた年寄りでね。これが、こわいばあさんで、機嫌がわるいときは、おいとどころか、おたきまで叱られたものだ」

まあ、とおしまは言った。新兵衛は、二人を相手に、しばらくむかしの女中の思い出話をした。

「おいとの台所好きは、おかね仕込みでね。考えてみると、かなり年季が入っている」

「そうですか。道理で何をやってもらってもお上手だと思いましたよ」

おしまは主人の娘を持ち上げた。

「おいとは、嫁にやっても台所だけはちゃんと出来ると思うね」

「そりゃもう、大丈夫ですとも」

「あたし、お嫁になんか行きませんよう、だ」

「ごちそうさま、お茶をください」

と新兵衛は言った。ござに坐ったまま、おしまがいれてくれた熱い茶をすすった。気分はすっかり持ち直して、かすかな幸福感が新兵衛を包んで来る。

さっき、この家はもうおしまいだと思ったりしたことが、何かひどく大げさだったようにも思われ、幸助のこともおたきのことも、そんなに大さわぎするほどのことでもないような気がしている。

「幸助は？」

新兵衛は、おいとにともおしまにともなく漠然と聞いた。

「どこへ行くって言ってたかね？」

「何にも言わなかったよ」

と、おいとが答えた。

「ふむ、黙って出て行ったんだね」

「お兄ちゃんは、お友だちが悪いのよ」

手を休めて、おいとが新兵衛を振りむいた。そして男の子のような口調でつづけた。

「徳ちゃんでしょ？　仙太でしょ？　それに久七、芳蔵。ろくなのが一人もいないんだから」

「まあ、そうだな」

と新兵衛は言った。いっときの幸福感が少しずつ色あせて行く。

「芳蔵というのは、誰だっけ？」

「経師屋《きょうじ》の息子よ。あのひと、女たらしなんですって」

「……」

新兵衛はおどろいておいとを見る。この子は、女たらしという言葉の意味を知っているのだろうか。

「おっかさんだってそうよ」

おいとは、洗っている鍋に手をもどした。ごしごしと力を入れて鍋を洗い、顔は上げずに言った。

「変なひとと遊び歩いて。あたし、更科屋のおばさん、きらいよ」

「そんなことをおっしゃるものじゃありません」

牛蒡《ごぼう》の皮をそぎ落としていたおしまが、小声でたしなめた。再び重苦しい気分がもどって来たのを、新兵衛は感じた。幸助のことなど、話し出さなきゃよかったのだと思った。

——もっとも……。

これだけのことを言うからには、おいとはおいとなりに、いまの家の中のことがよくわかっているのだ、と新兵衛は思った。母親や兄のことを言いながら、おいとの鉾先《ほこさき》は父親である新兵衛にも向けられている。

この子と、いつかは腹を割った話し合いをした方がいいかも知れないという気もした。だが、それはいまではない。おいとはまだ十四の小娘だ。

「そのことなら、おとっつぁんにだってわかっているよ」

と新兵衛は言った。

「まかせておきなさい。子供のおまえが心配することじゃない」

少し語気を強めたが、その言葉の空虚さに、新兵衛は気がひけるようだった。

そのとき廊下に足音がして、大きな身体の安吉がぬっと台所をのぞいた。水でも飲みに来たらしい安吉は、新兵衛を見てあわててお帰りなさいましと言った。そのまま引き返しそうになった安吉を引きとめて、新兵衛は立ち上がると台所を出た。

いいしおだったようである。

茶の間まで来たとき、安吉が何か剽軽《ひょうきん》なことでも言ったらしく、台所からにぎやかな笑い声が聞こえたが、新兵衛は振りむかなかった。喜八は帰ったらしく、店は暗くなっている。その気配をたしかめてから、新兵衛は茶の間に入った。

三

茶箪笥《ちゃだんす》の上から常用のそろばんをおろすと、新兵衛は行燈の下に金箱と帳面をひらいてそろばんを入れはじめたが、そろばんはすぐには合わなかった。途中で気持がそれると、そろばんはすぐにべつの数字をはじき出してしまう。

何べんかそんなことを繰り返したあとで、やっとそろばんが合った。金箱の金を数えると、喜八が言ったとおり、きっちり五両の金が不足していた。

新兵衛は、金箱と帳面をそのままにして、火鉢ににじり寄ると、鉄瓶に湯が沸いているのをたしかめてから、お茶をいれた。そのまま、ぼんやりした考えに身をまかせながら、お茶をすすった。考えは、どうしても五両の金をくすねて夜の町に出て行った幸助のことにもどる。

一代で築いた商いの信用と財産。その行方はどうなるのだろうと思うと、眼の前が暗くなるようだった。幸助がいまの有様では、おれが死んだあとは、小野屋はあえなく潰れることになるだろう。商いは生易しいものではない。

死後ならまだいい、と新兵衛はそこまで考えをすすめる。老いて、足腰も立たなくなってまだおれが生きながらえているときに、家が潰れたのではたまったものじゃない。考えながら、新兵衛の身体はいつの間にかつめたくなっている。あり得ることに思えて来たのだ。

――いまからでも……。

奉公に出そうかと、甲斐ないことも考えてみる。治吉なら、事情を話せば引きうけてくれるかも知れない。

本気でそう思ったが、その考えもすぐに崩れた。幸助に、他家の奉公が勤まるはずはないのだ。すぐに朋輩の物笑いにされて、逃げ帰るのがオチだろう。それに、治吉も先代が生きていたころとは、事情が違って来た。もと奉公人と言っても、のれん分けしたわけでもない新兵衛の頼みを、そこまで親身に聞いてくれるかどうかはわからない。

「小野屋の恥をさらすだけだな」

新兵衛が声に出してつぶやいたとき、店の潜り戸があいた音がして、おたきの声が聞こえた。

おたきは一人ではないらしく、誰かにしきりにお上がりなさいな、と言っている。それに答える男の声がした。今夜の連れは男かね、とぼんやり思ったとき、新兵衛はその声が仲買いの兼蔵だと気づいた。

金箱に蓋《ふた》をしながら、新兵衛は茶の間から声をかけた。

「兼さん、お上がり。遠慮はいらないよ」

新兵衛の声が聞こえたらしく、二人はすぐに上がって来た。今晩は、と言って、兼蔵は茶の間の前に立った。

「いえね、おそいから店先で失礼しようと思ったのだが……」

兼蔵はにこにこ笑いながら言い、茶の間に入って坐ると、改めて今晩はと言った。兼蔵は、行燈の下の金箱と帳面にちらと眼をやってから、また笑顔を新兵衛にむけた。

「相変らず、がっぽりと儲《もう》けていらっしゃるようで」

「とんでもない」

新兵衛も笑顔で答えたとき、手早くお茶をいれたおたきが、兼蔵にお茶をすすめた。

「すぐそこの、表通りでばったり会ったんですよ」

「そうそう。おじゃまするにはおそいかなと、考えながら歩いていたら、おかみさんに会っちゃった」

と言って、兼蔵はうまそうにお茶をすすった。

着換えて来ますから、と立ち上がったおたきに、新兵衛は言った。

「塙屋さんが来たそうだね？」

「ええ」

「何か用だったのかね？」

「べつに。前を通りかかったから寄ったとおっしゃってましたよ」

新兵衛は、注意深く顔いろを窺ったが、おたきの顔には、ものを隠しているような気配は見えなかった。

「喜八と何か話してましたよ。喜八が知ってるんじゃありませんか」

おたきは、いつもの少しつめたい口調にもどってそう言うと、茶の間を出て行った。新兵衛はほっとした。塙屋は、あのことをぶっつけにおたきに話すことはしていないらしい。

「仕入れ値は上がる一方、お客さんの注文はきびしくなる一方です」

新兵衛は兼蔵にむき直って言った。

「おまけに同業の喰い合いははげしいし、小野屋もひところの勢いはなくなったさ。近ごろは、手の中のおとくいさんをつかんでおくのに手一杯という有様だよ」

「そう言えばそうですな。あたしなども、商売がやりにくくなりました」

「若いあんたが、そんなことを言っちゃいけないよ」

新兵衛はたしなめた。

「やりにくいのも、商いの面白味のひとつでね。若いひとは、楽をして儲けようなどと考えちゃいけない。もっともそのへんは先刻承知で、こっそり儲けてるのかも知れないが」

「いや、いや。とても……」

兼蔵は闊達《かったつ》な笑い声をあげた。

兼蔵は三十四で、新兵衛より丁度ひと回り年下だが、なかなかやり手の仲買いだった。新兵衛は、自分が仲買いの出だからというひいき目だけでなく、この年下の仲買いに眼をかけている。兼蔵が月月小野屋からもらっている仕事の量は、決して少なくない。

だが、兼蔵は眼をかけるだけの値打ちのある男だった。商売の度胸も勘も持ち合わせているし、細かい商いを捌《さば》く才覚もそなえている。そして気性の明るい男だった。

そこを見込んで、新兵衛は小川村の漉家と特別の契約を結んだときにも、兼蔵を間に立てて話をまとめたし、時には在庫をさばくのに相談をかけたりもするのだが、これまでのところ、兼蔵は新兵衛の依頼を、すべてソツなくこなして来ている。いずれはひとり立ちの商人になる男だろうと、新兵衛は兼蔵を見ていた。だから、ほかにも出入りする仲買いはいても、利のある話はなるべく兼蔵に回すようにしているのだが、むろん兼蔵にもそのことはわかっている。

四

「ところで?」

新兵衛は兼蔵を見た。兼蔵が来て、おたきと二人きりで辛気くさい顔をつき合わせることもなくなったので、ほっとしている。

「今夜は、何か話でもあったのかい?」

「はい、それなんですがね」

兼蔵は不意に顔いろを曇らせた。

「この春の問屋衆の集まりで、漉家との直取引という話があったそうで……」

「ああ、あの話」

と新兵衛は言った。新兵衛は、その話をまだ軽くみていた。小野屋の商いには、これまでのところ、仲買いと競合する形は出ていない。むしろ兼蔵のように、漉家にも卸先にも顔が利く仲買いが出入りしていることで、利を得ている。

「あれは、去年の秋からちらちら出ていた話だよ。あんたにも言ったような気がするが……」

「はい、耳にしたことはありますが、しかし……」

「まあ、聞きなさい」

と新兵衛は言った。

「たしかに、その話はこの春にも出た。須川屋さんが熱心にしゃべっていたが、聞いているみんなは半信半疑のようだったね。だって、考えてもみなさい。それぞれに漉家とつき合いがある。あんたのような仲買いとのつき合いもある。長い間それでやって来たのだ。一ぺんに直取引に変えるというのは、ちょっと無理がある話です」

「………」

「だから、須川屋さんから話はあったが、それではそれで行きましょうと、仲間がまとまったわけじゃない。須川屋さんの話も、仲間の意見を詰めようというものでもなかった。それぞれに商いのつごうがあるから、一ぺんにはまとまるものじゃありません」

「しかし、今日須川屋に集まった世話役さんたちは、それで行くと話をまとめたそうですよ」

「今日？」

新兵衛は、兼蔵の顔をじっと見た。緊張した顔で、兼蔵も新兵衛を見返している。

「誰があつまったのかね？」

「主人役の須川屋さんと、万亀堂、森田屋、丸子屋の四人だそうです」

と兼蔵は言った。

「丸子屋さんねえ」

新兵衛はつぶやいた。丸子屋のおかみおこうが、塙屋彦助がたずねて来たとき、亭主の由之助は須川屋に行っていて留守だったと言ったことを思い出している。足が不自由になってから、外に出ることはめったにないと聞いていたが、今日も須川屋に出かけているとなると、丸子屋はかなりまめに、兼蔵の言う世話役の会合に出ているようでもある。

「なるほど」

新兵衛はうなずいた。丸子屋は、数年前まで世話役を勤め、紙商の仲間を牛耳っていた切れ者である。多分今度の一件でも、いまの世話役たちから意見をもとめられているのだろう。

「丸子屋さんは頭の切れる商人らしいから、世話役たちの相談に乗って上げてるのでしょうな」

「いや、それは違いますよ、小野屋さん」

と兼蔵が言った。

「直取引の、そもそもの話は丸子屋さんから出ているのです」

「何だって？」

「そうですよ。丸子屋さんが張本人なのだそうです」

ふうむとうなって、新兵衛は腕を組んだ。三十代の若さで、仲間を切り回していたという、おこうの夫の顔を思い描こうとしたが、無駄だった。その男に、新兵衛はまだ会ったことがない。

「誰がそんなことを言ったんだね？」

「長兵衛ですよ」

「ああ、長兵衛……」

それじゃ間違いあるまいと新兵衛は思った。長兵衛は古い仲買いである。新兵衛が仲買いの道に踏みこんだときに、もう古参の仲買いとして紙商いの世界に顔が利いていたし、いまも仲買い商売をつづけている。仲買いは親の代からの家業で、酒好きな男だった。

小野屋とは取引がないが、紙商の間に長兵衛ほど顔の広い仲買いはいまい。それだけに商いの裏の事情にも通じているはずだった。

「あのひとが言うのなら、間違いがあるまいね」

と新兵衛は言った。

「へえ、丸子屋さんがねえ」

「今日、商いのことで長兵衛に会ったら、そういう話でしょう。うすうす耳にはしていたけれども、話がそこまですすんでいるとは思わなかったもので」

「わたしだって知りませんよ。話がそこまで行ってるなんてことは」

「いや、それでびっくりして、こちらにうかがったわけです」

兼蔵は深刻な顔になったが、不意に顔を上げて新兵衛を見た。

「この話、小野屋さんはどうお考えです？」

「わたしの考え？」

新兵衛は兼蔵を見た。

「わたしの考えなら、さっき言ったとおりだよ。そんな話が急にまとまるとは思えないねえ。仲間にだって、いろいろな考えのひとがいます」

「いえ、そうじゃなくて……」

兼蔵はさぐるような眼で、新兵衛を見ている。

「小野屋さんご自身は、この話に賛成なさるのか、それとも反対なさるのかということですが……」

「ずいぶん突っこんで来るね」

新兵衛は苦笑した。

「賛成だよなどと言ったら、あんたに殴られそうだ」

「まさか」

と言って、兼蔵は肩をひき、顔いろをやわらげた。新兵衛に笑顔をむけた。

「そんなことはいたしませんが、長兵衛がこの話は仲買い殺しだよと言ってたように、なにせ、あたしらの商いの生き死ににかかわって来ることなものですから」

「わたしは反対です」

と新兵衛は言った。

「あんた方との取引、漉家との取引。両方ともそれぞれのやり方でここまで来たわけでね。それを一度につぶすような相談には乗れません。わたしだって商いに差しつかえる」

「………」

「そうそう、こないだ鶴来屋と会って一杯やったときにもその話が出た。鶴来屋も、無理押しだとはっきり言ってたね」

「そうですか、鶴来屋さんも」

兼蔵の顔に喜色がうかんだ。

「すると、ほかにも反対の方がいるかも知れませんね」

「そりゃいるだろう。わたしらだけの考えとは思えない」

「その話は、するといずれ寄合いの席に出て来て、そこで決まるという段取りになるんでしょうか」

「むろんそうだろう。上の方だけで勝手に事をはこぶというわけにはいかないね」

「その寄合いのことですが……」

兼蔵は、また新兵衛の顔いろをうかがうような眼になった。

「その話が出て来たときは、反対してもらえますか」

「反対ねえ……」

新兵衛は、兼蔵のために新しく茶を換え、熱い茶をすすめた。

自分の気持は気持として、世話役たちがその腹でまとまったとなると、面とむかって異をとなえるのはむつかしいかも知れない、とちらと思った。だが、兼蔵の必死な眼を見ると、そうは言いかねた。

言ってしまえば、兼蔵は突き放されたと感じるだろう。

むろん寄合いの席で、意見を言うような機会にめぐまれれば、新兵衛はひととおりは自分の腹にある考えを言うつもりだった。

話は自分の商いにかかわることでもある。直取引に変って得をするのは、たっぷりひとを抱えている大店《おおだな》で、新兵衛のような中どころや小店はむしろ不利になるだろう。兼蔵のような仲買いをうまく使えなくては、商売はやりにくい。

――ただし……。

言う機会があればだ、と新兵衛は思った。世話役たちは、その前に根回しを済ませて、寄合いで決を取るときには、反対の声をあげる余地はなくなっているということもあり得る。これまでのやり方が、大体そういうものだったから。

「わたしは出しゃばって物を言うわけにはいかないよ」

と新兵衛は言った。

「何と言っても、仲間うちじゃ新参者だからね。ただ、考えを言えと言われればね、そのときは反対しますよ」

「そうですか。ありがとうございます」

たずねて来たのは、そのへんの感触をさぐるのが目的だったらしく、兼蔵は露骨ににこにこした。そのうれしそうな顔を見て、新兵衛はかえって不安になった。

「わたしを買いかぶってもらっちゃ困るよ」

新兵衛は釘をさした。

「みなさんの意見が直取引と決まれば、一人や二人が反対したってどうなるものでもないし、わたしだって大勢にはしたがわなくちゃならない」

「それはいいんです。ま、こちらさんあたりが反対のお気持をお持ちだとすると、ほかにもかなり反対の方がいらっしゃるかも知れませんし、そうなれば大店のご主人方も、そう無理押しは出来ないでしょう」

兼蔵は笑顔を崩さずに、かなり楽観的なことを言ったが、ふと真顔にもどった。

「そうそう、地元の瀧家にもそのうわさが洩れて、村がさわぎはじめているそうですよ」

「え？　それも長兵衛の話かね？」

「そうです」

兼蔵は、瀧家の方でも寄合いをひらいているらしい、という話を長長としてから腰を上げた。商いの話は最後まで出なかったから、それだけの用で来たのだ。

兼蔵を見送って、新兵衛は店の土間まで出た。そのときになって、着換えて来ると言ってひっこんだまま、おたきがとうとう茶の間にもどらなかったことに気づいた。

——わがままな女子だ。

新兵衛の胸にいつものように憤懣《ふんまん》がこみ上げて来た。兼蔵はどう思ったろうか、とも思った。

新兵衛は潜り戸のさるをしっかりとおろした。どうせ幸助は帰って来ないだろう。

夜の道

一

丸子屋のおかみから連絡が来るのを、新兵衛は半ば恐れ、半ば期待しながら待っていたと言ってもよい。

塙屋《はなわや》彦助が、せっかくにぎった醜聞を、途中で投げ出すとは思えなかった。いずれ彦助はもう一度おこうをたずねて、今度はゆすりにかかることだろう。おこうからの連絡は、事情がそういうふうに悪化したところで来るはずだった。考えると憂鬱だった。

だがそう思う一方で、新兵衛は自分の心のどこかに、おこうからの連絡をひそかに待ちのぞんでいる気持があるのにも気づいている。うつくしい人妻と、ひとには言えない災厄を共有しているという事実は、厄介は厄介だが、どことなく甘美な色あいを含んでいることも否めない。

むろん新兵衛は、自分の気分の中にそういう怪しからぬ気分があるのを、野放図に許しているわけではなかった。気づくたびに、きびしく自分をいましめた。丸子屋のおかみとの一件は、一歩取扱いを誤れば命取りになりかねないことである。

——こうして今日忍び会うのだって……。

ひとに気づかれたらおしまいだ、と思いながら、新兵衛は料理屋花井の前に立ちどまると、さりげなく左右に眼をくばった。ひとは相談の中身など問わぬ。ひとに知れれば、二人が会っていたといううわさだけが、たちまち世間にひろまるだろう。

だが、たそがれて来た町に黙黙と動いている人びとの中に、知っている顔は見あたらなかった。料理屋の門前に立っている新兵衛に、特に顔をむける者もいなかった。新兵衛は踵《きびす》を返して、花井の門を入った。

料理屋の中では、もう灯をともしていて、新兵衛が玄関に立つと、顔馴染みの番頭が、すぐに帳場をはなれて立って来た。

「来ていますか？」

新兵衛が言うと、五十近い番頭は如才ない笑顔をうかべた。佐平というその番頭は、口が固いことで信用されている。

「はい、さきほどからお待ちかねです。すぐにご案内させます」

番頭はよけいなことは一切言わなかった。女中を呼んで、新兵衛を奥の部屋に案内させた。

曰くのある客とみて、佐平は気を利かせたようである。部屋は離れのようになっている一番奥の部屋だった。女中が襖《ふすま》をあけると、おこうが顔を上げた。

「やあ、お待たせしました」

声をかけながら新兵衛が坐ると、襖ぎわに膝をついた女中が注文を聞いた。新兵衛はおこうを振りむいた。

「どうしますか？　軽く一杯やりますか？」

「あたしは……」

おこうは身体を固くしたまま答えた。

「じきにおいとましなければなりませんけど」

「ああ、そうですか」

新兵衛は言ったが、軽い失望感が胸をかすめるのを感じた。おこうが飲まないと言ったからではない。すぐに帰ると聞いたからだが、むろん二人でしんみりと一杯やるつもりで来たわけではないと、新兵衛はすぐに思い返した。

「それじゃね」

と新兵衛は女中に言った。

「軽く肴《さかな》をみつくろってください。お酒は、そう、二本でいい」

襖を閉めて女中が去ると、おこうの表情も身体も、だんだんやわらかくなった。

「小野屋さん、ご迷惑をおかけしまして」

おこうは丁寧に頭を下げた。

「おつぎを使いにやりましたけど、お店の方は大丈夫でしたか？」

「大丈夫。何の気遣いもいりません」

と言って、新兵衛は今日の昼のことを思い出し、思わずこみ上げて来た笑いを顔に出した。

「それが、なかなかしっかりした娘さんでね。じつはその子が来たときに、わたしは奥にいたのです」

丸子屋からの使いだと言うので店にいた番頭の喜八が用件を聞こうとした。だが、おつぎは懐から手紙を出したものの、大事な寄合いの知らせなので、新兵衛にじかでないとこの手紙は渡せないと言った。

おいそがしければ、またのちほど参りますと言われて、喜八はあわてて奥に飛んで来たのである。

「あれならお使いをまかせても大丈夫。うまくいきました」

「そう申すようにと、あたしが言いつけたのですけど、番頭さんに気の毒したようですね」

「なに、そんなことはありません。これだって、寄合いといえば寄合いのようなものですから」

と新兵衛は言った。おこうと一緒にいると、軽く気持が浮き立つようだった。それで、つい口がすべる。

うつくしいひとだから、というだけではないと新兵衛は思う。顔や姿はうつくしくとも、心の冷えや尖《とが》りが伝わって来たり、高慢だったりする女も沢山いるものだが、このひとはそうではない。ごく控え目でいながら、そばにいると気持が休まるようなところがある、と新兵衛は思った。

おこうは新兵衛の軽口に、微笑を返したが、すぐに胸に屈託のある女の顔になった。新兵衛は自分の軽口を悔いた。

「ところで……」

新兵衛が言いかけたとき、さっきの女中が酒肴《しゅこう》をはこんで来た。主人もおかみも顔を出さないのは、女客とみて気を利かせているのだろう。女中は手早く席を作ると、ごゆっくりどうぞ、と言って引きさがって行った。

「お酌しましょうか」

と言って、おこうが銚子を取り上げたので、新兵衛は少しおどろいて盃を出した。

おこうと会った場所で酒を口にするのははじめてだった。男女二人きりの部屋に酒が出るのを、おこうはいやがるのではないかと思い、ほんの形だけの酒にするつもりだったのだが、おこうは格別それにこだわっているようには見えなかった。ごく自然にふるまっていた。

「料理屋にきて、お茶を飲んで帰るというわけにもいきませんのでね」

酒を受けながら、新兵衛は弁解した。

「いや、酔うほどに飲みはしませんから、ご心配なく」

「でも……」

おこうは新兵衛に微笑をむけた。

「男のひとは、少しはお飲みになる方がいいのじゃありませんか。ウチのひとは飲みませんけど」

「はあ、丸子屋さんはお飲みにならない？」

「ええ、一滴も」

おこうはさらりと言った。そのさらりとした口調から、新兵衛は酒を飲まない夫に対するかすかな反感を嗅ぎつけた気がしたが、それは思いすごしかも知れなかった。

「あなたは、少しは飲めるんじゃありませんか？」

「いいえ」

おこうは微笑して首を振った。

「この前のことをおっしゃっているのでしょうけど、あたしはいただけません。ほんとに」

「もう一杯ください。それで終りにしましょう」

新兵衛は、ついでもらった酒をあけると、盃を伏せた。改まった顔でおこうを見た。

「さあ、お話を聞きましょうか。彦助がまた行ったんでしょうな?」

「ええ」

おこうはうなだれた。しばらく膝の上でつかんだままの銚子を見つめていたが、不意に銚子を盆の上にもどすと、ひと膝新兵衛の方ににじり寄った。

「小野屋さん、困ったことになりました」

とおこうは言った。眼に思いつめたようないろがうかんでいる。新兵衛は、その眼を受けとめた。

「さあ、言ってください。ここなら、何を話しても、ひとに聞かれる心配はありませんよ」

「ある場所に来てくれって、おっしゃるんです。これから後のことを相談したいからって」

「後の相談？」

新兵衛はぞっとした。彦助の言いそうなことだと思った。

「何を言ってるんだ、あの男は。で？　その場所というのは？」

「東両国の小料理屋だそうです」

おこうは、その店の名前を言った。

二

新兵衛は首をかしげた。聞いたことのある名前だった。だが料理茶屋や小料理屋が並んでいるあたりにある店ではない。東両国には時どき行くが、そこで使ったことがある店ではなかった。

はて？　どこだったろう、ともう一度首をひねったとき、鶴来屋のおかみおたねの顔がうかんだ。そこは、おたねが役者買いにおぼれていたころ、亭主の益吉がひと晩張り込んだという店なのだ。

「そこは小料理屋じゃありませんよ」

と新兵衛は言った。彦助の魂胆が見えて、寒ざむとしたものが胸をかすめた。彦助は手に入れた醜聞に、貪欲《どんよく》に喰いついて来るつもりでいるのだ。

「出合い茶屋です。行ったことはないが、場所は、ええーと……」

「回向院前の土手のそばだと言ってました」

「そう、そう。それで？」

新兵衛は鋭くおこうの顔を見た。

「行くと言ったんですか？」

「いいえ」

おこうは首を振った。うつむいた頰から首にかけて、ほんの少し赤くなったように見えた。

「おことわりしました。何となく、そういう家じゃないかと思って、気味が悪かったのですよ」

「それは、けっこう」

「もし、ほんとに小料理屋だとしても、あのひとと二人きりで会うつもりなど、ありませんでした」

おこうは顔を上げて、新兵衛をじっと見た。

「だって、あのひとは何を考えているかわかりませんでしょう？」

「そうです、そのとおりです」

と新兵衛は言った。新兵衛の胸をちらと喜びがくすぐった。おこうは自分と彦助をならべてみて、少なくとも自分を信用してくれているわけだと思ったのである。単純な、ほとんど子供っぽい満足感だった。

——もっとも……。

そういう言い方で、このうつくしい女は、おれのこともまとめて牽制《けんせい》しているのかも知れない。考えることだけなら、おれと彦助の間にどれだけのへだたりがあるわけでもなかろうから、と新兵衛は皮肉っぽく考えてみた。おこうのような女と、寝てみたいと思わない男は少なかろう。

新兵衛は咳ばらいして、妄想を追いやった。しかつめらしく言った。

「かしこいあなたに、そんなことは言うまでもないことだが、あの男に気を許しちゃいけません。骨までしゃぶられますよ」

「……」

おこうは何も言わなかったが、顔に嫌悪感がひろがった。

「ことわられて、あの男はどうしました？」

「黙って笑っていました。あたしがことわるのは承知していたようでした」

「ふむ、一応気をひいてみたというわけですな。いやな男だ」

新兵衛はつぶやいた。丸子屋の留守をねらって行くのは、彦助が、自分でも今度の脅しを半ばは恐れている証拠である。それでも弱味をにぎるうつくしい女房の気をひいてみずにはいられない。そうしている彦助の、卑屈で抜け目のない表情が見えた。

「それで？　ことわられて今度はどう言いましたかな？」

「口止め料が欲しいと言うのです」

「いくら？」

と新兵衛が聞いた。少しもおどろかなかった。色の方に望みがないとわかれば、恐喝者は当然欲に転じるはずである。

「いくらで口をつぐむと言うのです？」

「五十両」

と言って、おこうは不意にがくりと肩を落としたように見えた。顔は新兵衛にむけられていたが、眼は光を失って、新兵衛を見ていなかった。顔いろも皮膚が白く粉をふいたように、生気を失っている。

「五十両ですよ、小野屋さん」

おこうは、新兵衛ではなく、新兵衛のうしろのありもしない物を見ているような、うつろな眼つきのままつぶやいた。

「十両ぐらいのお金なら、何とかなります、主人に内緒でも。でも、五十両なんて……。あのひとは、ほんとに悪党ですよ。今度こそ、はっきりとわかりました」

「一杯、いかがですか」

新兵衛が盃をにぎらせると、おこうは新兵衛に眼をむけたまま、盃を受け取った。

「小野屋さん、いったいどうしたらいいのでしょう」

「まあ、一杯おやんなさい」

新兵衛が酒をついでやると、おこうははじめて手もとに眼をもどし、つがれた酒をひと息に飲んだ。

「ご心配はいりません」

と新兵衛は言った。新兵衛がまた酒をついでやると、おこうは黙って受けたが、今度は飲まずに膳にもどした。

「あとはわたしにまかせてください。この前も、たしかそう言ったはずです」

「ええ」

「あなたが、もう少し様子を見たいとおっしゃるからそうしたまでで、こうなることはおよその見当がついていました。彦助が、五十両どころか百両出せと言ったとしても、わたしはおどろきませんね」

「………」

「わたしが会って、きっぱりと話をつけます。あなたはわたしにまかせてくだささればいい。もっとはやく、そうすべきだった」

新兵衛は手酌で酒をついだ。

「女子のあなたにまかせて、埒《らち》があく話じゃなかった。彦助はしたたかな男です」

「話をつけるって、どういうふうになさるんですか？」

とおこうが言った。

「手荒なことはなさらないでくださいね。あたし、心配です」

「そんなことはしませんよ」

新兵衛は笑った。

「そんなことをしたら、世間にうわさをひろめるだけです。物笑いになりますよ」

「……」

「ご心配なく。金で話をつけるだけです」

「五十両も上げるんですか？」

「とんでもない」

新兵衛は言ったが、じっさいには五十両ではすまないかも知れない、という気がした。だが、そんなことを言えば、おこうがいよいよ心配して、あれこれと気を揉《も》むだろう。

「そんな大金は出せません。多くて二、三十両。その見当でケリがつくでしょう」

「そうですか」

おこうの眼に光がもどって来た。顔にもいくらか赤味がさして来たが、さっき乱暴にあけた酒のせいかも知れなかった。

「小野屋さん、話が決まったら知らせてくださいね」

「もちろん、知らせます」

「かかったお金の半分は、あたしにも持たせて頂きますよ」

「わかりました。二人で半分ずつ持てば安く上がるというものだ」

新兵衛が言うと、おこうはようやく安心した顔いろになった。大事な話が終って、すぐに帰ると言うかと思ったら、おこうはその気配をみせなかった。ゆったりと坐り直すと、膳に手をのばした。

「小鯛《こだい》の塩焼き、おいしそう。せっかくですからいただこうかしら」

「筍《たけのこ》もおたべなさい」

新兵衛は世話をやいた。

「やっと地面に頭を出したばかりでしょう。この店は、目立たないほどにぜいたくなものをたべさせるので喜ばれているのです」

酒はどうかと言ったが、おこうは首を振った。先行きの目途がついて、気が楽になったようである。新兵衛に笑顔をむけた。

「また、この前のようにひっくり返ると困りますから」

「そりゃ、わたしも困る」

新兵衛も笑った。空気が急に親密ないろに染まったような気がした。黙って箸《はし》を動かしていると、その感じは強まった。

新兵衛は箸を置いて、手酌で酒をついだ。気づいたおこうが、いそいで銚子を持った。

「おつぎしましょう」

「いや、ご心配なく」

一杯だけついでもらって、新兵衛は銚子を取りもどした。

「かまわずにたべてください。わたしは、ひとが物をたべているのを見ると、何かこう、しあわせな気分になる」

おこうはちらと新兵衛を見たが、悪びれずに魚の肉をむしった。箸の使い方が、ほれぼれするほど上手だった。むしられた肉は、おこうの幾分ぼってりした唇に、信じ難いほど品よく消える。

——このひとは……。

変にのんびりとかまえているが、家の方は大丈夫なのだろうかと、新兵衛は少し心配になって来た。

思わずしあわせなどという言葉を遣ったが、おこうと二人で物をたべている一刻はたのしかった。おこうが、垣根をひとつはずしたように、ゆったりと構えているので、その気分はいっそう強まる。だがそのたのしさには、うしろめたさがぺったりと貼りついていた。そうでなくとも、しあわせな気分の中には、いつもこの種の小さな不安が忍び込んで来るものだ。

「その……」

新兵衛は、せっかくの気分をこわさないように気を遣いながら、小声で言った。

「お家の方は、大丈夫ですかな？」

「え？」

さめてしまった浅蜊《あさり》の吸い物をすっていたおこうが、おどろいたように顔を上げた。

「いま、何刻でしょうか？」

「さあて、五ツ（午後八時）には、まだ間があると思うけれども」

「あ、それなら大丈夫です」

とおこうは言った。

「今夜は、実家に行って来ると言って出ましたから。夕飯もむこうで済まして来ると言って来たのです」

「え？　そりゃ大変」

と新兵衛は言った。

「もっとおたべなさい」

「はい、いただいています。このうどの味噌和《あ》え、ほんとうにおいしい」
十七、八の小娘というわけじゃないんだから、と新兵衛は思った。何も、そこまでこちらが心配することはなかったのだ。
「失礼だが、おさとはどちらですか？」

「芝です。芝の七軒町」

「ああ、神明宮の前のところ……」

「ええ、そこで太物《ふともの》屋をしていました。いましたというのは、あたしが丸子屋に嫁いで来たあとでつぶれたのです。いまもすぐそばで、兄夫婦が細細と同じ商いをしていますけど」

丸子屋は老舗の紙商である。そこと縁組みが出来たぐらいだから、つぶれる前のおこうの実家は、かなりの商いをしていたのだろう。

「ふうむ、それは気の毒ですな。いや、商いというものは油断がなりませんな」

「ほんとに」

と言って、おこうは箸をとめ、小さくため息をついた。

「この前、彦助が来たときのことですが……」

ふと思いついて新兵衛は言ったが、おこうがぎくりと身構えたように見えたので、あわてて手を振った。

「いや、彦助の話じゃありません。その話はおしまい」

新兵衛の言い方がおかしかったのか、おこうはくすりと笑った。親身な感じの笑顔だった。また、新兵衛の胸にあるうしろめたさが小さく疼《うず》く。

「その日もですな。あなたのご主人は、須川屋さんに行ってたんですか？」

「ええ、そうですけど」

「近ごろ、ちょいちょいいらっしゃる？」

「はい。何か相談ごとがあるとかで……」

「何の相談か、聞いていませんか？」

「さあ」

新兵衛は首をかしげた。丸子屋が、直取引の話を家の中でもしているのなら、世話役の間でどのへんまで話がすすんでいるのか聞いてみようと思ったのだが、おこうはそのことにはくわしくない様子だった。

「いま世話役のひとたちの間で、瀧家からの仕入れを、仲間の一手直取引にしようという話がすすんでいるらしいのですがね」

「仲買いさんを通さずに？」

「そう。ま、そうなると仲買いは商いを取り上げられることになりますな」

「そうですか」

おこうは首をかしげた。が、すぐにさらりと言った。

「その話は聞いていません。もっとも、うちのひとは商いのことはあまりあたしに話しませんから」

「ああ、そうですか。なるほど」

「ごちそうさまでした。すっかりいただきました」

とおこうが言った。新兵衛には、おこうが直取引の話題を打ち切るために、いそいでそう言ったように聞こえた。おこうの膳の上をみると、皿も椀も気持がいいほどきれいに片づいている。

「何か、お茶漬けでも取りますか？　おなかのぐあいはどうですか？」

「いえ、もうたくさん」

おこうは微笑して新兵衛を見た。あれほど遠慮なく物をたべていたのに、おこうの唇の紅は少しも崩れていなかった。

「十分いただきました。そろそろおいとましませんと。さっきの鐘が五ツですね」

「そう、五ツです」

石町の鐘と呼ばれる時の鐘を、新兵衛はあまり身近にあるので、ついうっかり聞きすごすことがある。おこうに言われて、さっき鐘の音がしていたのをぼんやりと思い出した。

新兵衛は盃を伏せた。

「それじゃ、熱い茶をもらいましょう」

女中を呼んで、熱い茶をもらった。おこうが、茶碗から顔を上げて言った。

「おいしい」

「駕籠を頼みますか？」

「いえ、歩いて帰ります。まだ、そんなに遅い時刻でもありませんし」

「それじゃ、途中まで送りましょう」

と新兵衛は言った。

おこうの家がある通二丁目までは、駕籠を雇うまでもない距離である。しかし、だから女の夜分のひとり歩きが平気だという道でもなかった。江戸橋を渡ったところにある木更津河岸の先は、蔵屋敷と広場がある暗い場所である。

お茶を飲み終って、二人は腰を上げたが、新兵衛はふと思いついて言った。大事なことなのに、すぐ忘れそうになる。

「べつべつに出る方がいいかも知れませんな」

「わかりました」

とおこうが言った。そのためらいのない返事が、新兵衛には快くひびいた。おこうが、災厄だけでなく二人で会う危険やうしろめたさまで共有していることを、十分に心得ているのを感じたのである。おこうを信頼する気持が強まった。

「それじゃ、先に荒布橋《あらめ》まで行って下さい。わたしは勘定を済まして、あとから追いつきます」

しかし、心配したように店の中や玄関先で、知った顔に会うこともなく、新兵衛は無事に外に出た。

三

町は暗く、歩いているひとの姿も見えなかった。新兵衛は河岸から角を曲って照降町《てりふり》の道に入った。右手に雪駄屋《せった》と下駄屋が軒をならべる履物の町だが、店は固く戸を閉めていた。途中で、提灯《ちょうちん》を持った年寄りの一人とすれ違っただけだった。荒布橋に出ると、袂におこうが立って待っていた。

だがおこうは、近づく人影が新兵衛だとたしかめると、すぐに声をかけて来た。

「小野屋さん、ここでけっこうです。あとはひとりで帰れますから」

新兵衛は、おこうが今夜はじめて、自分に対してへだてを置こうとしているのに気づいた。ひとりでいる間に、おこうは新兵衛に狎《な》れすぎたと考えたのかも知れなかった。そうでなければ、夜道の暗さが男に対する本能的な警戒心を呼びさましたかだろう。

「いや、やっぱりお送りしましょう。夜道のひとり歩きはあぶないですから」

新兵衛があっさりと言って先に立つと、おこうは強いて抗《あらが》う様子もなく、黙ってあとについて来た。

江戸橋を渡ると、闇の中にただよっている魚臭が少し強くなった。魚河岸にはまだぽつりぽつり灯が見えて、遠いその灯の下で働いている小さな人影が見えた。灯は河岸から水の上にもわずかにこぼれて、そこだけ水が光っている。

対岸の木更津河岸にも、小さな灯が見える。橋を渡って行くと、それは船着き場の番人小屋から洩れる光だとわかった。

窓から洩れるかぼそいその光の先に、岸に舫《もや》っている船の舳先《へさき》が二つ、巨魚の頭のようにうかび上がっている。艫《とも》の方は、断ち切られたように闇にかくれて、見えなかった。木更津通いの船は、橋からは見えない水に押し上げられて、ゆらりと傾いたりかすかなきしみ声を立てたりしながら眠っていた。

南の橋詰にある船宿と料理屋の前を、新兵衛はいそぎ足に通りすぎた。おこうは少し遅れてついて来たが、二人が船宿の明かりがとどかない蔵屋敷のそばまで来ると、追いついて新兵衛の横にならんだ。

「小野屋さん、大事なことを忘れていました」

とおこうは言った。

「今度お会いする場所と、日にちを決めてください」

二人は暗い道に立ちどまった。

「そうそ、肝心なことを忘れた。ええーと、塙屋との話は、むこうのつごうをみても、三日もあればその間には片づきましょう。会うのはその翌日ということにしましょうか。場所はさっきの店でいかがですか」

「けっこうです。すると四日後ということですね。それで落ち合う時刻は？」

「それも今日ぐらいでどうですかね。あまりおそくても何だし、明るいうちでも困る」

言いながら、新兵衛はこれじゃまるで、逢引きの打ち合わせのようだな、と思った。そう思ったことで、不意に息苦しさを感じた。その息苦しさは、手のとどくところに無警戒に向き合って立っているおこうのせいでもあったが、そそのかすように暗い、まわりの闇のせいのようでもあった。

ぼんやりとうかぶおこうの丸い肩を見ながら、新兵衛は小声で言った。

「それで、あなたの方は大丈夫ですか」

「はい。あたしの方はかまいませんけど」

なぜか、おこうも声をひそめた。

「小野屋さんは大丈夫ですか？」

「いや、わたしの方はいっこうに……」

新兵衛は、二人がほとんど意味をなさない言葉をやりとりしているのに気づいている。おこうが、暗い中で大胆に顔を上げてこちらを見ているのにも気づいた。

闇は重くなって、危険で甘い匂いを帯びはじめていた。いま、肩に手をのばしても、おこうは拒みはしまいと新兵衛は思った。新兵衛の中に眼ざめた牡《おす》の本能が、そうしろとけしかける。その眼がくらむような世界まで、一歩の距離が残るだけだった。

だが、その一歩の距離の間に、地獄の裂け目が見えていることも確かだった。よろこびは手ぶらで来るわけではなく、背中に背徳の汚名を背負って来る。そうなれば、風の音にもおどろく恐怖の日日だ。

もう話す言葉もないのに、二人はまだ向き合って立っていた。新兵衛も動かなかったが、おこうも歩き出す気配をみせなかった。新兵衛は辛うじて崖っぷちに踏みとどまっている自分を感じる。

だが爪先立つその身体は、吹く風に頼りなくよろめいていた。必要なのは、指のひと押しだけだった。新兵衛はほとんど、指でおこうの丸い肩をつかんだように思い、かぐわしい息をかぎ、肌のぬくもりを感じ取っている。堕地獄の誘いに半ば盲《めし》いながら、新兵衛はまだ迷っていた。

そのとき暗い広場に、かすかな明かりが射しこんで来た。新兵衛は、はっと振りむいた。蔵屋敷の陰から出て来た人影が広場を横切るところだった。提灯をさげたその黒い姿は、ゆっくりした足どりで材木町の角を曲ると、もみじ川の河岸を遠ざかって行った。

新兵衛はおこうを見た。おこうはいつの間にか少しはなれた蔵屋敷の塀ぎわに、顔をそむけるようにして立っている。やはりいまの提灯の光におどろいたのだ。そのほっそりと黒い立ち姿に、新兵衛はまた少し心を動かされたが、危険な牡の獣はもう遠くに走り去っていた。

紙問屋小野屋新兵衛の分別を取りもどした声で、新兵衛は言った。

「さて、行きますか」

ひどく喉が乾いていた。声がいくらか上ずったのに気づいたかも知れないが、おこうは黙ってうしろについて来た。

無言のまま、二人はさっき提灯を持った男が消えた河岸を南に歩き、材木町の角から青物町の路地に回った。そこまで来ると、左右の町家から、ぽつりぽつりと灯が洩れて来た。すぐそばの窓から洩れ出る光が、路地の地面を照らし、中から人声が聞こえる場所もあった。

そういう場所に来ると、おこうは二足ほど新兵衛からおくれ、道が暗くなるとまた小走りに追いついて来た。

——あぶないところだった。

と、新兵衛は蔵屋敷のそばの、暗やみですごしたひとときを思い返している。四十六の、そろそろ老境に踏みこんだ男が、あやうく日ごろの分別を取り落とすところだったのだ。

だが、そう思う一方で、新兵衛はこうして何事もなくおこうを送って歩いているのが残念な気もするのだった。あのとき垣を踏みこえたら、そのむこうにはどんな世界がひろがっていたのだろうか。

そう思うと心が波立った。おこうが新兵衛に心を許していたのは確かだと思われた。おこうは私を、意気地のない男とは思わなかったろうか。

「では、四日後」

「はい、たしかに」

通一丁目の角で、二人は言葉少なに挨拶をかわすと、左右に別れた。

通一丁目の大通りには、路上にただよう薄明かりがあった。左右の店はほとんど大戸をおろしていたが、時刻はそろそろ五ツ半（午後九時）に近かろうと思われるのに、遠くにはまだ掛け行燈の灯が見える。そば屋の東橋庵かも知れなかった。その手前には、とびとびに二、三軒、まだ潜り戸をあけ放して、いそがしくひとが出入りしている店があって、それは遅くとどいた仕入れの品をはこび入れているのかも知れなかった。灯はそこからも路上にこぼれ出ている。町はまだ眠りに入る前の、かすかな物音を立てていた。

そして道にも、まばらに通行のひとの姿が見られた。提灯をさげた商人ふうの中年男。その男とすれ違って、新兵衛の方に歩いて来る年寄りは旅姿だった。宿をもとめて神田にでも行くところだろうか。

前髪をつけた、商い店の小僧と思われる子供が、通りを横切って向かい側の路地に駆け込んで行った。そして垂れを巻き上げたまま、ゆっくりと眼の前を通りすぎる空き駕籠。駕籠は、通三丁目あたりの料理屋にでも呼ばれて行くところか、立っている新兵衛には見向きもしなかった。

新兵衛は、わずかの間その通りを遠ざかるおこうのうしろ姿を見送ると、いそぎ足に逆の方向に歩き出した。

歩き出すとすぐに、大きな落とし物をしたような、落ちつかない気分が新兵衛を襲って来た。

——二度と、あんな機会は来ないかも知れないのに。

と思った。蔵屋敷のそばの闇の中で、ほとんど新兵衛を許したかのように見えたおこうを思い出して、胸に悔恨が溢《あふ》れた。

むかしはよく遊び、また若いおみねを妾に囲ったりしたこともあったが、新兵衛は自分を、それほど好色な人間だとは思わなかった。新兵衛の年ごろで、まだせっせと吉原や岡場所通いをつづけている男たちを沢山知っているが、新兵衛はいささかそういう気分から遠ざかっている。

だが、おこうにだけは気持が乱れる。なぜかはわからないが、力に訴えても抱きたいというほどの欲望がこみ上げて来る。その気持は奥深く、腹の底から湧き上がって来る。今夜のおこうは、そういう新兵衛を許したようにみえたのに、やはり抱けなかった。

自分の名前を呼ばれた気がして、新兵衛は振りむいた。そして顔色が変った。日本橋の途中で追いついたその男は、上総屋初五郎という同業の問屋だった。手に提灯をさげている。

「やっぱり小野屋さんだった。どこの帰りですか」

初五郎の笑顔に、新兵衛は答えられなかった。心ノ臓が破れるほど高鳴るのを感じながら、上総屋はおこうを見なかったろうかと思った。

取引

一

番頭の喜八が帰って来た。喜八は店にいる客に愛想のいい笑顔で挨拶すると、まっすぐに帳場にいる新兵衛の前に来た。

「どうだった?」

新兵衛は帳面を閉じて、喜八を見た。

「様子がわかったかね?」

「はい、わかりました」

喜八は、よほどいそいで来たとみえて、額に汗をかいている。懐から手拭いを出して、その汗をぬぐった。

「やっぱり割り込みです」

「値を下げてかね？」

「そうです。お話になりません」

「須川屋さんかい？」

と新兵衛は聞いた。

小野屋からみれば上とくいの部に入る三軒の帳屋の仕入れが、この春から鈍っていた。芝の桝《ます》屋、築地の小倉屋、伊勢屋の三軒である。帳屋は帳面、筆墨も商うが、一番売れて品数が捌《さば》けるのは紙である。月に一度店の者を回らせれば、必ず注文があった。

それが、ここ三月ほどの間、三軒の帳屋は小野屋から紙を取っていなかった。御用聞きの店の者に言う帳屋の口上は、口をそろえたようにまだ紙はあるの一点ばりである。不思議に思った新兵衛は、いつもの御用聞きではなく、手代の倉吉を回らせてみた。

すると三軒の帳屋は渋渋といった様子で、わずかな障子紙の注文をくれたがそれっきりだった。その段階で、新兵衛は誰か有力な、というのは品物をかなり値下げしても押しこむことが出来る同業が割りこんで来たに違いない、と察しをつけていたのである。

だから、今日改めて三軒の帳屋を回って来た喜八の報告にはおどろかなかった。

ただその割り込みをかけて来た同業には、興味がある。須川屋ではないかと言ったのは、この前の上野の清涼院の一件があったからだった。須川屋は、小野屋の長年の直納めのとくい先に、陰でちょっかいを出していたのである。

だが、新兵衛の予想はあたらなかった。喜八は、いえ違いますと言った。

「森田屋さんです」

「何だって？」

新兵衛は眼をみはった。須川屋は老舗ではなく、いまの主人須川屋嘉助が一代で築き上げた大店《おおだな》である。嘉助は仲間がよく言う、いわゆるやり手で、儲《もう》けのためには手段をえらばない男とみられている。

嘉助は、たしかにその強《こわ》もての商いで、紙商いの世界をのし歩いて来た男だし、強引なその性格で、むしろひとの信用を得ている男でもあった。須川屋が、少少の横紙破りを仕かけて来ても、新兵衛はおどろかない。

だが森田屋は違う、と思う。森田屋は格式のある老舗だった。新兵衛はこの春の仲間の寄合いで見た森田屋重右衛門の品のいい笑顔を思い出し、信じられない思いで喜八を見た。

「それは、確かかね？」

新兵衛は、念を押した。

「確かです。桝屋と伊勢屋では、言葉をにごしてはっきりしたことを言いませんでしたが、小倉屋の番頭とは懇意にしています。外に呼び出して口を割らせました」

「そんなにひどい値下げかね?」

「お話になりません。表の帳面づらでは、ちょっぴりの値引きということになっていますが、もうひとつ裏値段があって、こっちは仲間の申し合わせ相場を破っています」

「信じられないね。あの森田屋さんがねえ」

「ちょっと、紙と筆を貸してください」

「こっちへお入り」

新兵衛は、喜八を帳場の中に入れた。喜八はありあわせの紙に、小倉屋の番頭から聞き出した紙の種類と森田屋の卸し値段を、手早く書いて新兵衛に渡した。

新兵衛は、その覚え書を無言で眺めた。しばらくして顔を上げて言った。

「細川紙の相場は、いまいくらだっけ?」

「仕入れ値ですか?」

「そう仕入れ値」

「百二十帖で三百五十文です」

「ふむ、三百五十文」

新兵衛は険しい顔つきになって、もう一度覚え書をにらんだ。

「これだと、まるで儲けが出ない勘定だ」

「だから、お話になりませんと申し上げましたのです」

「まったくだ」

新兵衛は紙を机に置くと、苦笑して膝つき合わせている喜八を見た。

「しかし、仕かけられたいくさなら、戦わないわけにはいかないだろうね」

「……」

「いくら相手が森田屋さんでも、長年のとくい先をあっさりと渡すわけにはいかないよ」

「はい。ごもっともです」

「明日の仕事でいいから、家で扱っている紙の仕入れ値と卸し値を残らず書き出しておくれ。あ、それから倉吉に言いふくめて、主だったとくい先を一軒残らず回らせなさい。ほかの帳屋さんにもよそが手を出していないとは限らないからね」

「わかりました。さっそく手配します」

「その上で、森田屋さんからおとくいさんを取りもどす相談をしようじゃないか、番頭さん」

「承知しました」

「何か、手はあるだろう。あまり心配しなさんな。こういうことは前にもあった」

喜八は頭をさげたが、まだ何か言うことがありそうな顔で坐っている。

「何だね？」

「申し合わせ破りははっきりしているのですから、上の方に訴えてみてはいかがでしょうか？」

新兵衛は黙って首を振った。

「だめですか？」

「まず、だめだね」

新兵衛は、長い商人暮らしの間に何度か味わったことがある、身体が引きしまるような孤独感に襲われるのを感じながら言った。この世界では、他人をあてにするものは潰される。頼れるのは自分だけなのだ。

「申し合わせなどというものは、あって無きがごときものでね。いざという時の役には立ちません。商いに仁義なしです。つまるところは自分の才覚でたたかうほかはない」

「……………」

「それに、上の方と言ったって、誰がいます？　森田屋だって仲間の世話役だよ」

「万亀堂さんあたりは？」

「万亀堂？　ありゃいい加減なおやじです。ひとを調停する柄じゃないし、その力もない」

新兵衛は前垂れをはずして畳んだ。

「このことは、明日にでもまたじっくりと相談しよう。いま何刻《なんどき》かな？」

「帰る途中で七ツ（午後四時）の鐘を聞きましたから、そろそろ七ツ半（午後五時）でしょう」

「おや、もうそんな時刻かね。日足が長くなった。わたしはいまからちょっと外に出ます。塙屋さんと相談事がある」

「行ってらっしゃいませ」

「後を頼みますよ」

新兵衛は腰を上げかけたが、店を眺めてからふと思い直してまた腰を落とした。

「今日はわたしが帳場でにらんでいるから、ああして荷をかついだりしているが……」

新兵衛は店につづいている倉の入口にいる、息子の幸助をあごで示した。

「わたしの影が見えなくなれば、すぐに出かけるつもりだよ。さっき表に経師屋《きょうじ》の息子が来て、二人で話しこんでいた。困ったものだ」

「はあ」

「あれが出て行くまで、帳場をはなれないでくださいよ。おまえさん、はばかりに用があるなら、いまのうちに行って来なさい」

「いえ、大丈夫です」

「ほんとに恥ずかしいことだ。店に泥棒が一人いるようなものだからね」

新兵衛は奥に引き揚げた。茶の間には誰もいなかったが、台所からおいとの声が聞こえた。

もう夜食の支度時だから、おたきも台所に入っているのだろうと思いながら居間に行くと、そこにおたきがいた。おたきは畳紙《たとうがみ》をいくつか重ねて、晴れ着らしいものを見ている。また、芝居見物の約束でも出来たのだろう。

新兵衛は無言で着換えた。新兵衛が着換えている間、おたきは着換えを手伝うどころか眼も上げなかったが、部屋を出るときになって、うしろからいきなり声をかけて来た。

「お出かけですか?」

新兵衛は振りむいて妻を見た。

二

おたきは新兵衛を見ていなかった。眼を伏せて、畳紙の上にひろげた着物をいそがしくたたんでいる。自分から声をかけたくせに、おたきの伏せた横顔には、夫を寄せつけまいとするかたくなな、表情がうかんでいる。

「出かける」

新兵衛の胸にも、一番短い言葉をえらぼうとする気持が動く。いまさら女房の機嫌をとってもはじまらない、と思う。実際に、一時は機嫌をとってもみたが、それは何の利き目もなく、とどのつまりはその機嫌とりさえ言い争いの種になって、夫婦仲を冷えさせるのに役立つだけだったのだ。

言葉を出来るだけ短く、出来ることならその言葉さえかわさないで済ますことで、辛うじて家の中の平穏が保たれている。

「また、遅くなるんですか？」

「ああ、遅くなる」

うまくいけば、塙屋彦助との話は四半刻（三十分）で片づくかも知れなかった。たとえうまくいかなくとも、そう長く話していたい男ではない。

だが、新兵衛はそう言った。彦助に会うのは、柳橋のおみねの店である。どうせ、後で口直しに一杯飲まずには帰れまい。

「あたしも……」

かたくなに顔をうつむけたまま、おたきが言った。

「これから出かけます。ちょっと遅くなりますよ」

「ああ、そうですか」

それだけ言って、新兵衛は部屋を出た。今度は夜遊びかねという言葉が、口まで出かかったが、そんな厭味《いやみ》を言えば、おたきはさっそくその厭味に嚙みついて来るだろう。

おたきは、幸助が遊びに溺《おぼ》れているのも、夫婦仲が冷えているのも、すべて新兵衛のせいだと思っている。そしていまは、自分が外遊びに気持を奪われて家に落ちつかないのも、やはり新兵衛のせいだと認めさせたがっているのである。

新兵衛がひとことでも非難がましいことを言えば、おたきはこう言おうと身構えているのだ。あんたが家族を顧みないから、幸助はだめになった。そしてあたしもだめになる。だけどあんたに、それを咎める資格などありはしない、と。

おたきはいつでも、きっかけさえあれば新兵衛に血を流させようと待ち構えているのだった。外遊びだって、ほんとに喜んで寺詣りや芝居に行ってるのかどうかはわからないのだ。あるいは、家を留守にすることが、新兵衛に少しでも苦痛をあたえてくれればいいと願っているだけかも知れなかった。さわらぬ神にたたりなしだ、と新兵衛は思った。

店にでると、幸助の姿が見えなかった。新兵衛が帳場にいる喜八を見ると、喜八は苦笑してうなずいた。

「もうかね？」

「はい、どなたかと約束があるとかで、出かけられました」

「それにしてもすばやいねえ。稲葉小僧はだしだ」

新兵衛はにがい冗談を言ったが、まじめ一方で冗談のわからない喜八は、そんなことを言っていていいのかという顔で、主人を見上げている。

「羽織も着ないでかね？」

「いえ、それが……」

喜八は店の隅の棚を指さした。

「お羽織は、あそこに置いてありましたようで」

それじゃとても、押さえ切れるものじゃない、と新兵衛は思った。羽織など新兵衛も気づかなかったのだ。幸助は多分、朝からそのつもりで支度していたのだろう。

「それにしても、よくお金がつづくね」

新兵衛は首をかしげたが、すぐにおたきの顔がうかんで来た。幸助が小遣いをくれなどと言えば、おたきは喜んで、自分の着物を売ってでも内緒金をつくるだろう。

「ま、今日のところは仕方ないね。後を頼みますよ」

新兵衛は、番頭に、わざと平気な顔をつくってそう言うと、外に出た。だが一人になると、すぐに暗い気分が襲って来た。風はなく、四月はじめの日射しがあたたかく背に射しかけて来たが、新兵衛の気持ははずまなかった。

ともすれば家から走り出ようと、それこそ稲葉小僧のように隙を窺っている幸助。あれが小野屋の二代目だ。そして亭主の心に爪を立てようと、それだけに執着しているようにみえるおたき。あの家はいったいどうなるのだろうと、新兵衛はいま出て来たわが家を振りむかずにはいられない。

どこかで歯車が狂ったのだ。おたきはそれを、新兵衛が妾を囲ったからだと責める。だが主人が妾を囲っている家なら、同業を見回しただけでたちまち十本の指を折ることが出来るのだ。

そういう家が、残らず内輪もめしているとは聞いたことがない。それどころか、放蕩者で知られる信夫屋吉兵衛の家では、吉兵衛の倅《せがれ》がおやじの放蕩などどこ吹く風と商いに精出し、仲間うちのほめ者になるくらいに店を守《も》り立てている。

――信夫屋にくらべれば……。

おみねを囲ったといっても、おれは一日たりとも商いをおろそかにはしなかったはずだ、と新兵衛は思う。弁解ではなかった。ただ不審なだけだった。この狂いは、いったいどのあたりからはじまったのだろう。

三

妻子のために、身を粉にして働いて来たはずだった。四十の坂を越えたとき、わずかの迷いが来た。妻子からも、家からもはなれて、一人の人間にもどりたいと願ったのは事実だ。だがそれは、長い道を歩いて来た一匹の生きものが、ふと足をとめてかたわらの泉から水を飲んだような、ほんのひとときの憩いに過ぎなかったのだという気もする。

長い道をわき目もふらずに歩いて来たので、生きものは身も心もくたびれ果てていた。気がつくと老いが忍び寄っていた。それでも道は、まだまっすぐに眼の前につづいていた。色彩もとぼしく荒れ乾いた道である。道がかぼそく消えている地平のあたりから、風が死の匂いをはこんで来るのにも気づいた。

それでも生きものは、その道を歩きつづけなければならないことを知っていた。それが生きもののさだめだった。振りむくと、通りすぎて来た花も緑の木木もある道が見えた。しかしその道は、振りかえることは出来ても、もどることは許されない場所である。

生きものは新しく見えて来た風景の心ぼそさに胸を痛めながら、いっとき泉のまわりをうろつき、ひと息いれた。新しい、のぞみのない旅にそなえて気持をととのえるために。あるいは歩いて来た道に、醜い後悔の痕を残さないために。

それだけのことが、そんなに非難されなければならなかったのか、と新兵衛は思うのだ。生きものの心に思いをひそめたから、人間の道をはずれたと指されるのか。

しかし、おたきが言うように、そのために家の者みんなの気持が狂ったというのなら、非難は甘んじて受けてもよい。おみねの若い身体におぼれたとき、新兵衛はたしかに男の身勝手に走ったのだから。

だが、そうではあるまいと新兵衛は思うのだ。歯車が狂ったもとは、もっとべつのところにある。それが何なのか、新兵衛にはわからなかった。わからないことがもどかしく、ほんの少し無気味でもあった。

――もっとも……。

わかったとしても、いまからでは手の打ちようがあるまい。親の眼を盗んで、隙があれば場末の岡場所に走る幸助をとめるてだては、ありはしないのだ。新兵衛は、いつものように、いくらか投げやりな気分になって、家のことから気持をひきはなそうとした。

だが、そう思ったとたんに、もっと重苦しいものが、新兵衛が空けた心に、どっと走りこんで来た。

会って話したい、と言った新兵衛に、すぐには返事もせずにせせら笑いでうなずいた彦助。その彦助は、いまごろおみねの店で、舌なめずりして待っているはずだった。どう取引しても損はないと踏んだ男の、狡猾《こうかつ》な表情が見える。

――悪い男にひっかかりが出来たものだ。

そして、今日番頭の喜八がつかんで来た話は、どういうことだろう。喜八の話を信じれば、というのは、信じ難いようなことだったからだが、森田屋はこちらのとくい先をつぶしにかかっているのである。

森田屋だけではない、と新兵衛は思った。やり手の須川屋嘉助も、小野屋のとくい先に眼をつけていることは確かなのだ。今年はいいが、つぎの清涼院との取引は苦しいことになるだろう。損は覚悟のうえだが、損をしても、はたして清涼院とのつながりを残せるかどうかが問題だ。そこまで考えた方がいいと新兵衛は思った。

須川屋の売込みが本気なら、おそらく大枚の金を遣うだろう。そうなれば、とことんまでたたかってみるほかはないのだ。つながりさえ残れば、一時は損をしても、その損はいずれ取りもどせる。とにかく、当分は清涼院から眼をはなさないことだ。

——それにしても……。

森田屋とか須川屋とかいう大店が、いまごろになって自分の店にちょっかいを出して来たのはどういうわけだろう、と新兵衛は不審だった。

商いの上の争いは、商人にとっては日常のことである。とくい先を取られたぐらいでいちいちおどろいていては、この世界を渡っては行けない。取られたら取り返す。それでいて寄合いで当の相手と顔が合えば、そ知らぬふりの高笑いで世間話をするぐらいの図太さがなくては、商人とは言えぬ。このおれだって、と新兵衛は思った。若いころはずいぶんとあくどい商いもした。

だから、清涼院で須川屋の話を聞いたときには、さほどにおどろかなかった。だが、今度は森田屋である。どちらも新兵衛の店あたりに手出ししなくとも、立派にやっていける大店である。彼らが抱えているとくい先は、新兵衛からみれば、よだれがたれるような大どころばかりである。そこに不審が残る。

かすかな悪意が感じられた。むろんそれは新兵衛の思い過ごしかも知れず、須川屋や森田屋は、小野屋に限らずほかにも手をのばしているのかも知れなかった。そのへんのことは、鶴来屋にでも聞けば、事情がもっとはっきりするだろう。そう思いながらも、新兵衛は大店が手を組んで、自分を潰しにかかって来たような、不吉な予感を拭い切れない。

むかし、治吉に奉公していたころ、商用で小田原まで行ったことがある。初秋のころで、行きは快晴にめぐまれたが、帰途は曇りになった。小田原を出ると間もなく、ぱらぱらと小雨が落ちて来た。

断続して降る小雨は、大磯の宿を通りすぎるころにはやんだが、そのかわりに風が出て来た。空は一面に暗く、まだ昼前だというのに、まるで日暮れのように、四囲が薄暗くなった。

生あたたかい風は、時おり強く吹いて、砂まじりの街道を歩いて行く新兵衛をよろめかせた。黒い雲が、いそがしく頭上を飛び交っていた。雲は右に行ったり左に行ったり、とりとめなく動いているように見えた。

交錯する雲は、時おり頭上にぽっかりと白い空間をのぞかせ、その隙間に日にかがやく白い雲や、布の切れはしのような紺色の空の断片を、ちらと垣間みせたりしたが、雲の隙間はあっという間に閉ざされて、そのあとは空は前にも増して暗くなった。

そして空は、よく見ればゆっくりと一方に動く黒雲に埋めつくされているのだった。街道には、ほかに人影はなかった。歩いているのはそのころはまだ新助と言っていた、新兵衛ただひとりである。

笠を押さえながら、新兵衛はいくぶん心ぼそい気分になりながら歩いていた。そのとき新兵衛は、見えるところにくだけては散る磯波とはべつの音を耳にした。音は沖から聞こえて来た。

そのときはじめて、新兵衛は海に眼をやったのだが、思わず声を出すところだった。沖の空は、頭上よりも一層暗く、遠く海とまじわるあたりはほとんど夜の色をしていた。音はそこから聞こえて来た。寸時の休みもなく、こうこうと海が鳴っていた。重重しく威嚇するような、遠い海の声だった。

新兵衛は、しばらく立ちどまってその音に聞耳を立てたが、急におそろしくなって小走りに街道を走った。

道には相変らずひとの姿は見えなかったが、平塚の宿の手前で、新兵衛は海辺に人影を見た。それは漁師のなりをした老人で、老人は高波が来る波うちぎわに、恐れげもなく踝《くるぶし》まで踏みこんで、先に鉤《かぎ》がついた長い竿を使っている。海草を引きあげているのだった。

「じいさん」

新兵衛は白髪の、がっしりした身体つきの老人に、街道から声をかけた。人影を見、すぐそこに平塚の宿場も見えているので気が楽になっていた。沖を指さして聞いた。

「あの音は何だろうね？」

「なに？」

老人は耳に手をあてでどなり返した。風が吹いているが、幾分かは耳も遠くなっているらしい。新兵衛は、二、三歩浜に降りた。

「あの音だよ。こう、こうって変な音がするだろうが……」

「ありゃおまえさん、沖を大風が通るところだよ」

「大風が？」

「そうだ」

老人はちらと沖を見たが、すぐに新兵衛に眼をもどした。

「おまえさん旅のひとらしいが、どこまで行く？」

「江戸だ」

「それじゃ遊んでいないで、急いだほうがいいぞ。昼すぎには、このあたりも大荒れになる」

老人が言ったとおり、その日新兵衛は、平塚を過ぎて羽鳥村あたりに来たころから、雨まじりの強い風に打たれ、ほうほうの体で藤沢宿に駆けこんだのだった。

四

新兵衛は、そのときの海鳴りの音を思い出している。実際に、ひとの心を不安に誘う、遠く威嚇するようなその音を耳にしたようにも思い、顔をあげてあたりを見回した。

むろん海鳴りの音が聞こえるはずはなかった。そこは神田馬喰町の人ごみの中で、日が暮れかけた道を、町のざわめきが満たしているだけだった。海鳴りと聞いたのは、ひょっとしたら、新兵衛の胸に芽ばえた、不吉な予感がざわめき合う音だったかも知れない。

いまに、大荒れになるぞと言った老いた漁師の声がよみがえる。森田屋と須川屋の動きは、その予兆なのだろうか。そして幸助やおたきは……。

「旦那」

不意に声をかけられて、新兵衛ははっと顔を上げた。空駕籠《かご》が、すぐ横に来て一緒に歩いていた。顔半分がひげで真黒な、片肌ぬぎの先棒が、歯をむき出して笑いかけて来た。

「旦那、どちらまで？」

新兵衛はあたりを見た。いつの間にか浅草御門の前を通りすぎて、米沢町一丁目に来ている。家を出るときは、途中で駕籠を雇おうかとも思ったのに、考えごとに気を取られてここまで歩いてしまったらしい。

「折角だが、駕籠はいらないよ」

「またまた。そんなつれないことを」

「つれないも何も、わたしはすぐそこまで行くんだから、いまから駕籠に乗ってもしょうがない」

「そこって、どこです?」

「柳橋だよ」

そう言われて駕籠はうしろにさがったが、執念深く橋までついて来た。橋を半ばまで渡って新兵衛が振りむくと、駕籠はようやくあきらめたらしく、同朋町の角を両国橋の方に回るところだった。

薄暗い路地に入って、「つくし」の戸をあけると、いきなりおみねの声がした。

「いらっしゃいまし」

声と一緒に、おみねはすばやく板場の前から立って来て、新兵衛の手をとった。おみねは頸《くび》をかしげて、媚《こ》びるような笑顔をつくった。

「このところ、すっかりお見限りですね、旦那。でも、今日は来て頂いてうれしい」

「来ているかね？」

新兵衛は聞きながら、ちらと板場の中を見た。おみねが新兵衛の手をにぎっているのを、じっと見ていた庄七という若い料理人が、あわてて顔を伏せて庖丁《ほうちょう》の音を立てた。相変らず、新兵衛には頭ひとつさげなかった。

店の中には、ほかにお店者《たなもの》ふうの中年の男がひとり、じっとうつむいたまま酒を飲んでいるだけだった。男は顔を上げなかった。

「塙屋さんは、ずいぶん先からお待ちですよ」

とおみねが言った。

新兵衛はおみねの顔を見た。彦助との約束は暮れ六ツ（午後六時）である。おみねにもそう言っておいたのだった。

その時刻に、そんなに遅れたわけではない。まだ六ツを回ったばかりだろう。新兵衛は声をひそめた。

「いつごろ来たんだ？」

「さあ、半刻（一時間）ほど前じゃないでしょうか」

「飲んでるのかね？」

「ええ。お茶をお出ししたんですけど、ご自分で酒を出せとおっしゃるから……」

おみねは笑顔をひっこめて、不安そうに新兵衛を見た。小声で言った。

「いけませんでした？」

「いや、いいんだ」

新兵衛は店の奥まで行くと、履物をぬいで狭い板の間に上がった。

突きあたりが三畳の茶の間で、奥が納戸になっている。そこがおみねの住居で、その横に四畳半と三畳の小部屋があって、畳の部屋がいい客には、そこでも酒を出せるようになっていた。

手前の三畳間は空いていた。新兵衛が奥の部屋の襖《ふすま》をあけると、灯の下に肩をまるめてあぐらをかいていた塙屋彦助が顔を上げた。手に盃を握っている。

「やあ、小野屋さん。どうも」

彦助は盃を膳に置くと、あわてて坐り直した。額と眼尻に、くっきりと深い皺が目立つ顔に、迎合するような笑いがうかんだ。

「お先にいただいてますよ」

「どうぞ、どうぞ」

新兵衛は愛想よく言った。

「ご遠慮なく」

新兵衛は彦助と向き合って坐ると、襖ぎわに膝をついているおみねに、わたしにも膳をはこんでおくれと言った。

「それから、お酒を二、三本」

おみねが襖をしめて去ると、新兵衛はあらためて彦助をじっと見た。じっくりと顔を眺めたのはしばらくぶりだが、彦助は鬢《びん》に白髪が目立って来ていた。

顔は日焼けしたように黒い。だが日焼けして艶《つや》があるのとも違い、彦助の顔は皮膚が荒れて一種どす黒い感じに覆われている。眼の下のことに黒いたるみが、その感じを強めていた。細い眼は、意味不明の笑いをうかべて新兵衛を見返しているが、唇はむらさき色だった。

不摂生しているらしいな、と新兵衛は思った。酒、女……。そういう快楽の置きみやげともいうべき荒廃が、歴然と顔に現われている。もっとも、この男も四十の坂を越えたのだ、と新兵衛は思った。四十男の胸の中には、他人が窺《うかが》い知ることの出来ないものが棲みつくことがある。

新兵衛は銚子を取り上げた。

「一杯いかがです？」

「これはどうも。あたくしだけいただいちゃ、申しわけありませんな」

春先から丸子屋のおかみを、間接的には新兵衛をも脅しつづけて来た男は、卑屈に笑って盃を出した。

「ご商売の方は、近ごろどうですか？」

「商売？」

彦助は濡れた唇をなめ、盃を下に置くと手を振った。

「だめだめ。小野屋さんあたりと違って、ウチなんぞはもう、息も絶え絶え……」

と言ってから、彦助は不意に笑いをひっこめて、捨てぜりふを言うようにそっけなく言った。

「知ってるくせに」

「いえ、知りませんよ」

新兵衛はにこやかに言った。

「わたしも自分の商いで四苦八苦してますからね。とても他人の商売までは眼がとどくもんじゃない」

そのとき、おみねが新兵衛の膳と酒をはこんで来たので、二人の話は中断した。おみねはよけいな口をはさまず、二人に一杯ずつ熱い酒をお酌すると、どうぞごゆっくりと言って、引き揚げて行った。

「いまのひとは、何でしょう？」

おみねが出て行くと、彦助は小指を立ててみせた。

「小野屋さんのコレでしょ？」

「むかしはね」

新兵衛は絡むような彦助の眼を無視した。焼いたかれいの肉を、箸《はし》でむしりながら言った。

「いまは、他人です」

「以前、そちらさんに奉公していた女子《おなご》というのが、あのひとですか」

「よくご存じですな」

「いや、おうらやましい」

と彦助は言った。彦助の声には、実際に羨望のひびきがまじった。

「あたしも、若い妾の一人ぐらいは持ちたかった。来る日も来る日も、古女房に叱られながら暮らすのは、たまりませんなあ。しかしあたしは稼ぎが悪いから……」

彦助は新しくはこばれて来た銚子をつかむと、手酌で自分の盃を満たした。

「とうとう、そういういい目を見なかった」

「若い妾が、そんなにいいかどうかはわかりませんがね」

と新兵衛は言った。

「でもその気があるのなら、これからのことでしょう？　あんた、いくつになんなすった？」

「人別調べですかね？」

彦助は、またとげのある声を出した。

「四十一ですよ。来年は厄年。塙屋彦助も、もうおしまいというわけです。ええ、近ごろは身体がかったるくてしょうがない」

「それで、脅しを思いついたというわけですか？」

にこにこしながら言うと、新兵衛は胸を起こして彦助を見た。

彦助の顔いろがさっと変った。黒い顔が、黒いまま一瞬青ざめたように見えた。彦助は手が顫《ふる》えているのに気づいたらしく、盃を下におろした。落ちつきなく動いていた眼を、ついに新兵衛からそらした。

やわらかく、新兵衛はもうひと押しした。

「かったるくて働くのがいやになったから、手っとりばやく脅しで金を握ろうとしたんじゃありませんか？」

「脅し？」

彦助は眼を新兵衛にもどした。肉の厚い顔にふてぶてしいものがうかび上がって来たようだった。彦助は、顔にうす笑いをうかべた。

「人聞きのわるいことを言わないでくださいよ、小野屋さん」

「……」

口をつぐんだまま、新兵衛は笑いを消したきびしい眼で彦助を見つめる。その眼をはねかえすように、彦助の笑いが大きくなった。

「あたしはね、ただああいうことが、世間に洩れちゃまずいんじゃありませんかと、ご注意申し上げただけですよ」

「五十両の駄賃つきのご忠告ですかな。それを、世間では脅しと言ってるようだけどね」

彦助は眼を伏せた。銚子に手をのばしかけたが、新兵衛は腰をうかして、お膳越しにその手を押さえた。顔にはあまり出ていないが、彦助はかなり飲んでいるはずだった。言葉のはしばしにそれが現われている。

「飲むのは後にして、話をつけちゃいましょう」

彦助は案外におとなしく手をひいた。うす笑いが残る細い眼を、じっと新兵衛にむけた。

「塙屋さん、あんたが脅しの種にしているあの晩のことですがね。ほんとの事情はどういうことだったのか、これからお話ししましょう。いや、いや……」

うす笑いの顔で何か言いかけた彦助を、新兵衛は手を上げて強く制した。

「この話はね、あんたも聞いておく方がいい」

新兵衛は、あの晩、仲間の寄合いが終ったあとで起きた事を、煩雑にならない程度に、手短かに話した。

仲町のはずれの路上で、気分をわるくしてうずくまっていた丸子屋のおかみのこと。その懐から金を抜き取ろうとしていた男たちのこと。それが事の発端だった。通る駕籠もないので、思いついて連れ込み宿を兼ねるあの飲み屋に連れて行ったが、そこにいたのはせいぜい四半刻（三十分）ぐらいである。おかみが正気を取りもどすのをたしかめると、すぐに店を出た。

おかみを介抱したのは事実だが、それは一人ではなく女中も一緒だった。

「それだけのことです。ほかには何もない」

と新兵衛は言った。

「何か怪しいことがあったんじゃないかと、あんたが勘繰るのは勝手だが、事実はそういうことです」

「………」

「たまたまあの場に居合わせたのが、このわたしだったというだけでね。ほかの同業だって、あのときの丸子屋のおかみを見たら、同じように介抱してやったでしょうよ」

「しかし……」

塙屋彦助は、笑いをふくんだ細い眼をじっと、新兵衛に据えたまま言った。

「世間はその話を信用しないでしょうな。なにしろ場所が場所だからね」

「もちろん、もちろん」

と新兵衛は言った。

「わたしはいまの話を、あなたに信じてくれと頼んでるわけじゃない。世間が信用しないことも重重承知していますよ。ただひとつとおり真実を話しただけです」

「……」

「ほんとにそれだけのことです。だけど、不本意ながら、わたしはあんたに弱味をにぎられたことも認めなければならない。ええ、それを認めたから、こうして来たのです」

「……」

「いや、うまいところに眼をつけたものですな、塙屋さん。わたしも逆の立場で、一度そちらをゆすってみたいものだ」

新兵衛の皮肉に、彦助は答えなかった。ただ掬《すく》い上げるような笑いをふくんだ眼に、かすかに陰険な光が加わったように見えただけである。ひとを信じない、偏執的な光。

新兵衛は、背筋をうそ寒いものが走り抜けたような気がした。一瞬だが、あのとき飲み屋の二階で、おこうの白い胸を前にひとには言えぬ妄想にふけったのを、彦助に見すかされたような気がしたのである。この男に気を許してはならない。

五

瞬時に、新兵衛は決断した。

「そこで、あとは取引ということになりますな、塙屋さん」

彦助の眼から笑いが消え、陰険な光だけが残った。その眼を新兵衛ものぞきこんだ。

「百両出しましょう、塙屋さん」

「百両……」

彦助の顔に驚愕《きょうがく》のいろがひろがった。みろ、びっくりしていると新兵衛は思った。十両でも手は打てる。だが、十両なら恐喝者はまたやって来るのだ。金がなくなれば何度でもやって来る。そして積もり積もって、その金はやがて百両にもなるだろう。

十両では恐喝者を振り切れない。だが、百両なら、それが出来るかも知れない。

「そう、百両です。その金を渡すかわりに、あんたには今度のこと一切を、忘れてもらうということでどうですか？」

彦助は茫然《ぼうぜん》と新兵衛を見ている。百両という金額がまだ十分にのみこめないようでもあり、話があまりにうまく行って、裏がないかと疑っているふうにも見える。

新兵衛は一気に言った。

「もちろん、気にいらなきゃことわってくれてもいいですよ。取引は成り立たなかったということで話はおしまいです。わたしはもう金は出さないし、あんたは世間にむかってしゃべりたいことをしゃべればよろしい。わたしはべつにそれをとめやしない。そのかわり、あんたを、訴えて出ます。丸子屋さんでも、そうなさるでしような」

「訴える？」

「そう、脅しでお奉行所に訴えます。なるほど世間は信用しないかも知れませんが、お白洲ではどうですかな。真実はさっき話したとおりです。どこをほじくっても密通などという事実は出て来ませんよ。あんたを退治するにはそれで十分です。そうなればあんたは、罪人だ。二度と立ち上がれないでしょうな」

「……」

「いままでだって、やろうと思えばそれが出来たのですよ、塙屋さん。おまえさん、丸子屋のおかみに五十両という金額を切り出したそうじゃないですか。ほかにも何か言ったと聞いてますよ。りっぱな脅しだ」

彦助の顔が醜くゆがんだ。彦助は新兵衛から眼をそらした。

「ただ、わたしにも世間体というものがある。丸子屋さんだって、もちろんあるでしょう。出来れば公けにはしたくない。つまらんことですからね。そこが弱味だというのです。その弱味をあんたに突かれたから、それじゃ百両で話をつけましょうかということですよ」

「……」

「どうです？　この話、受けますか？」

「小野屋さん、裏はないんだろうね？」

彦助は唇をなめた。また掬い上げるような、鋭い眼を新兵衛にとばして来た。

「その金を受け取ったとたんに、御用だなどということになったら、あたしにも覚悟がありますからね。あることないこと残らずしゃべりまくって、あんたを道連れにしますよ、あたしは」

「塙屋さん、取引だと言ったはずですよ」

新兵衛は苦笑した。苦笑しながら、胸に安堵《あんど》がこみ上げて来るのを感じた。塙屋は、この取引に乗る気になったのだ。

「わたしは、百両でさっきの話を買うのです。これは商いですよ。ほかは何にもない」

「いいですよ、百両で手を打ちましょう」

そう言ったとたんに汗が噴き出したらしく、彦助は懐から手拭いを出すと、いそいで顔の汗を拭いた。

「よろしい。それで決まりですな」

新兵衛が銚子を持つと、彦助が顫える手で盃を出して来た。

彦助もお返しに銚子を持ち上げたが、新兵衛は身ぶりでこばむと、自分で酒をついだ。彦助と酒を酌みかわす気にはなれなかった。手酌の酒を、ひと息に飲み干してから、新兵衛は言った。

「塙屋さん、あんたも商人だからおわかりだろうが、百両という金は大金です」

「ええ、わかってますよ、もちろん」

上の空で、彦助は答えている。百両の金は、彦助にとっても予想外だったに違いない。一時は新兵衛に何かたくらみがあるのではないかと疑ったが、それもなくて、間違いなく金が入りそうだとわかり、彦助は興奮に襲われているようだった。

彦助は手酌でいそがしく盃をあけ、指で刺身をつまんで口にほうりこんだ。その合間に、手拭いをつかんで顔と首筋をごしごしとこする。押さえていた酒の気も顔に出て来たようで、彦助の顔いろは赤黒く変っている。

彦助は新兵衛の顔は見ずに、やはり上の空の口調でつづけた。

「商人が百両儲けようと思ったら、そりゃ大変だ」

「わかっていればけっこうです。そこでおことわりしておきますがね、塙屋さん。この取引は一回こっきりです」

「ええ、むろん、一回こっきり」

「こんどゆすりをかけて来たら、そのときはただでは済ましません。わたしは、必ずあんたを牢にぶちこみますから、そのおつもりで」

彦助の動きがとまった。白眼まで赤くなった眼を、じっと新兵衛に据えた。

「いまのは、脅しですか？」

「ええ、そのつもりです」

二人の男は、顔をつき合わせるようにして、しばらくにらみ合った。だが先に眼をそらしたのは彦助の方だった。彦助は卑屈な笑いをうかべ、ちらちらと上眼遣いに新兵衛を見た。

「いやだなあ、小野屋さん」

彦助はおもねるような口をきいた。

「あたしゃ脅しで喰ってるわけじゃない。そんな悪じゃないですよ。落ちぶれてはいますが塙屋彦助、これでもまだ商人のつもりです」

「……」

「ほんとですよ。さっきあんたは、あたしが丸子屋に脅しをかけたとおっしゃったけれども、そりゃあそこのおかみの勘違いですよ。あたしゃただ、商いの方がちょっと苦しいもんだから、少しばかりお金を融通してもらえないかと頼んだだけです」

「塙屋さんが、丸子屋さんとそんなに親しかったとは知らなかったね」

彦助はちらりと狡猾そうな眼を、新兵衛に流した。

「あたしはひとに誤解されやすいんだ。いつだって悪者にされる。ことわっておきますが、百両のことも、言い出したのはあたしじゃなくて、小野屋さん、そちらの方ですからね」

「ほほう、そんな立派な口をおききになるんなら」

と新兵衛は言った。

「それじゃ、百両の話はご破算にしますか。わたしは何も、あんたに百両もらってくれと頼んでるわけじゃない」

「………」

彦助の顔に、はげしい狼狽《ろうばい》のいろが現われた。彦助は青くなったり、赤くなったりした。その様子をじっと見つめながら、新兵衛はきびしい口調で言った。

「よござんすか、塙屋さん。あんたはわたし、この小野屋新兵衛と丸子屋に脅しをかけて来たのだ。百両はその脅しをやめるかわりに、あんたに支払われる金です。

それがさっきの取引の中身です。違いますか？」

「ええ、ま……」

「いい加減なことを言われちゃ困るんだ、塙屋さん。そこのところははっきりさせておかないとね」

「いや、おっしゃるとおりです。あたしの言い方がまずかった」

「金のことは、さっき一度ケリがついてるんです。それをあなたが、変なふうに蒸しかえすからわるい。わたしが言ってるのはね、塙屋さん……」

新兵衛は、彦助の眼をまっすぐにのぞきこんだまま言った。

「取引はこれっきりで、あんたには二度とお目にかかりたくないということですよ」

「わかりました」

彦助もさすがに鼻白んだ顔になってうなずいた。取引が成立して、新兵衛が自分と飲み直すつもりでいるわけではないことも悟ったらしく、膝もとの銚子をそっと遠ざけた。

「これ以上、迷惑をかけるつもりはありませんよ。それに……、百両もらえば御の字というものだ」

終りの言葉を、彦助は顔をそむけて捨てぜりふにした。頭からやっつけられたかわりに、悪党らしくうそぶいてみせるつもりだったようだが、卑しいひびきだけが残った。

そのことに、彦助も自分でも気がさしたらしく、顔をもどすとにやにや笑った。

「さて、そろそろおいとましますかな。あまり長居してはお邪魔でしょうから」

「おひきとめしませんよ」

「おっと、忘れました」

彦助は坐り直した。

「約束のお金は、いついただけますか？」

「明日というわけにはいきませんな」

と新兵衛は言った。その金の用意はあるが、わざとそう言った。右から左に渡しては、相手が甘く見るだろう。彦助はどうして、喰えない男なのだ。

「わたしらの店じゃ、そんな遊び金はありませんからね。あちこちから掻きあつめるのに、半月はかかりましょうな」

「半月ねえ」

彦助はあてがはずれた顔になり、不服そうに新兵衛を見たが、すぐにもらう金が百両という大金だったことを思い出したらしい。満面に笑いをうかべた。

「それじゃ半月後。場所はここですか？」

「いや、お店にお持ちします。おかみさんには知れないようにしますから、ご心配なく。あ、それから……」

新兵衛は手を上げた。

「百両の受取りを書いておいてください。そのときに頂きます」

「受取り？」

彦助は上げかけた腰をまた落とした。険悪な顔になった。

「証拠の受取りというわけですかね？」

「そう、百両の取引があったという証拠の受取り書です。ただし、脅し代という中身の方は書くにはおよびませんよ」

新兵衛は辛辣な口調で言った。

「取引の中身は、わたしとあなた、この二人が承知していればいいことです」

「………」

彦助は、なおもじっと新兵衛を見つめている。それで訴えられたりする危険はないかと、思案しているように見えた。

彦助は顔いろをゆるめた。にやにや笑った。

「わかりました。右の金額、まさに受領つかまつりましたと、それでいいわけだ」

「それでけっこうですよ」

「それじゃ、あたしはこれで。あまりへばりついていると、あとで塩をまかれる」

最後の捨てぜりふを言うと、彦助は立ち上がった。もう新兵衛を振りむかずに、部屋を横切って襖まで行くと、姿を消した。部屋を出て行く恐喝者の背丈が、意外に低いのを新兵衛は見送った。

——みろ、ケリをつけてやったぞ。

新兵衛は手酌で酒をついだ。酒はもうぬるくなっていたが、つづけざまに二杯、三杯とあおった。身体の中で猛りたつ血が、酒を欲しがっていた。

百両の金は痛いが、しかし丸子屋のおかみと二人で、世の晒《さら》し者にされることにくらべれば、端金《はしたがね》だった。彦助はそこまでは気づいていない。百両の金におどろいて、帰って行った。

駆けひきなら、まだひとには負けない、と新兵衛は思った。小僧から叩き上げて、ここまで来たおれだ。出来そこないの二代目に負けるわけはない。新兵衛は、荒荒しく盃を口にはこんだ。

「もう、お酒ないんじゃありませんか？」

ふと声がして、顔を上げるとおみねが新しく酒をはこんで来たところだった。新兵衛は銚子を振ってみた。ほとんど空だった。

「おみね、こっちへ来い。お酌してくれ」

と新兵衛は言った。

六

おみねは、そばに来て坐ると、黙って酒をついだ。化粧の香が、新兵衛の少し酔いが回った頭を快く刺戟した。

「さっきの男は、どうしたね？」

「塙屋さんですか？」

「そう、そう、塙屋。あいつは悪い男だから、気をつけた方がいいぞ、おみね」

「そうなんですか？　でも、なんか、とてもうれしそうにして帰りましたよ。あたしに、一分も心づけをくれました」

「一分？」

新兵衛は、おみねの顔を見た。不意に笑いがこみ上げて来た。百両もの金が手に入るとわかって、吝《けち》んぼうの彦助も急に気が大きくなったに違いない。

新兵衛は笑いながら言った。

「彦助は、おまえに気があるのかも知れないね」

「塙屋さんがですか？　あら、いやだ」

おみねは、やわらかく身体を曲げて、新兵衛の肩を打った。

「あたしが好きなのは、旦那さまだけ。あんながま蛙のようなひとはいやですよ」

おみねはするりと身体を寄せると、新兵衛の肩に軽く頭をあずけた。髪油のいい匂いがした。その匂いに、新兵衛には馴染《なじ》み深い、かすかな肌の香がまじる。

男に対する、おみねのこういう媚態《びたい》は、料理茶屋の酌取りから新兵衛の囲い者に、さらにこの店の女主人に移りかわる間に身についたものだろう。小野屋に女中奉公に来たころは、ただの娘だったのだ。

そのことに、新兵衛はかすかな罪悪感を感じる。よかれ悪しかれ、女は男によって変るのだ。少少気はずかしいおみねの媚態にも、多少の責任がないとは言えない。

「ここはいいから……」

新兵衛はおみねの頭から肩をはずしながら言った。

「お店の方をかまって来なさい」

「もう、お店は閉めました」

とおみねは言った。

「庄ちゃんも帰しちゃったし、残っているのは旦那とあたしだけ」

「おや、もうそんな時刻かね」

「何刻だと思っていらっしゃるんですか？　五ツ半（午後九時）を過ぎましたよ」

彦助とケリをつけるのに手間取ったのだ、と新兵衛は思った。ものの半刻（一時間）もあれば片づくと思ったのだが、どうして、したたかな男だった。

「それじゃ、こうしちゃいられない」

「どうして？　急ぎのご用でもあるんですか？」

そう言われると、新兵衛はべつにいそいで家に帰ることもない、という気がした。帰っても、べつにたのしいことが待っているわけではない。おみねが言っている。

「ひさしぶりなんですから、もっと飲みましょうよ」

「そうか」

新兵衛は盃をつき出した。

「べつに急ぐ用があるわけじゃなし、もう少し飲んで帰るかね」

「そうなさいな」

おみねは、新兵衛が腰を据えたのがうれしいらしく、いそいそと酒をついだ。新兵衛もおみねについでやった。

「あら、ついでくださるんですか。すみませんね」

おみねはついでもらった酒を、ひと息にあけた。きれいな飲みっぷりだった。仰向いた白い喉が、一瞬顫えるように動いたのを新兵衛は見た。

きれいな飲みっぷりをみているうちに、新兵衛は、ふとおみねをはじめて妾に囲ったころのことを思い出していた。

おみねは、東両国の料理茶屋で座敷女中をしていたが、酒が飲めない女中だった。酌取りではないから、飲めなくとも仕事は勤まるのだが、時どき客につかまって酒を強いられて困っていた。そのおみねを飲めるように仕立てたのは新兵衛である。

妾に囲ってから、少しずつ酒を仕込んだ。だがあるとき、飲みすぎたおみねが、飲み喰いしたものを残らず吐いて、そのまま昏倒してしまったのである。新兵衛は大あわてで湯を沸かし、おみねを丸裸にして吐瀉物《としやぶつ》を始末すると着換えさせた。

そのことがあってから、それまでうすい膜のように二人をへだてていた、もとの主従という垣根がとれて、二人はただの男と女になったようだった。そしておみねは、酒の方もそのころからかなり飲めるようになったのである。

「お家の方は、いかがですか？」

とおみねが言った。おみねはからかうような微笑をうかべて、新兵衛を見ている。

「おかみさんと、仲直りしました？」

「そんなわけにはいかないね」

新兵衛はにがい顔をした。と言っても、おみねが家の中のことを言い出したのを咎めているのではなかった。新兵衛は、気が滅入るときは、自分から家の中のグチ話を持ち出して、おみねに聞かせることがある。そういう意味では、おみねは気のおけない女だった。新兵衛のグチ話を、いやがりもせず親身になって聞く。

「どういうつもりなのか知らないが、近ごろは家を外にして遊び歩いてるよ」

「遊び歩く？」

おみねはびっくりしたように眼をみはった。

「あのおかみさんが？　まあ、遊びってどこにいらっしゃるんですか？」

「芝居とか、寺詣りとからしいが、よくは知らないのだ。そういう仲間が出来たようだね。いや遊んでたのしくやっているというのなら、いっこうかまわない」

「そうじゃないんですか？」

「違うね、あたしへのつら当てだよ、つら当て」

新兵衛は、近ごろの家の中の有様をおみねに話して聞かせた。新兵衛には口もきかず、家の中のこともせず、外に出てばかりいるおたき。商いにはいっこうに身が入らず、これも外にとび出そうと隙を窺っている幸助。夫婦、親子ばらばらの暮らしだと話した。

話しているうちに、こういう臆面もないグチ話を聞いてくれる相手は、やはりおみねだけだなという気がした。新兵衛は、かなり酔いが回って来たのを感じながら言った。

「おたきのやり方は陰にこもってるからね。やりきれるものじゃない。こっちは、いちいち相手にしてたんじゃ身がもたないから、知らんぷりをする。それがまた向うは気に入らなくて、是が非でもこちらが困らずにいられないようなことを仕かけて来るのだ」

「………」

「いい齢《とし》をして、鼬《いたち》ごっこをしているようなものでね。お互いに相手をつねりながら暮らしているのだ。いや、わたしはおたきをつねったりしないよ。ただ物を言えば嚙みつかれるだけだから黙っている。それを向うさんは、やっぱりつねられたと受け取るだろうからね。どっちみち助からんわけだ」

「あたしのことを……」

おみねは銚子を持ったまま、上眼遣いに新兵衛を見た。

「まだ怒ってるんでしょうね？」

「さあ、どうかね」

新兵衛は、盃をさし出して酒をついでもらった。

「はじめはそうだったかも知れないが、いまは亭主憎しの一念に凝り固まっているようだな。もともとおまえさんに罪なんかありはしないのだ」

新兵衛は酒をすすった。重い酔いが身体の底にたまっている気配があったが、酒はうまく甘かった。

「わたしはね、おみね。いまの女房とはもともと気性が合わなかったのじゃないかと、いまごろになって思ったりしてるんだ。長い間うっかりと見過ごしていたものが、いまになって見えて来たようでね」

「………」

「そうは言っても、いまとなっちゃ手遅れの話でね。このまま行くしかないんだな。わたしはもう若くはない」

「かわいそうな、旦那さま」

とおみねは言った。

七

「でも、気性が合わないなんて言うのは、思い過ごしですよ、きっと。だって、そんなに相性が悪かったものなら、いままで一緒に暮らして来られるわけがないじゃありませんか」

「………」

「いまにきっとよくなりますよ、万事めでたく」

新兵衛は片手をのばして、おみねの頸を抱いた。するとおみねは、銚子を下に置いて、新兵衛に身を寄せ、頰を新兵衛の肩にこすりつけるようなしぐさをした。

おみねの言うように、万事めでたくなど行くはずがなかった。もともと新兵衛には、家の中が万事めでたかった記憶はうすい。はっきりと思い出されるのは、商いに骨身を削った日日だけである。女房子供の姿は、その背後に影絵のようにちらついて見えるだけだった。

いま、その仕返しを受けているところだ、と思うことがある。家の中のことを二の次にして来た仕返しを。もともと、もどって行く団欒《だんらん》の場所などありはしないのだ。そして、ここまで来てしまえば、荒廃は荒廃でそのまま行くしかないのである。親子も夫婦も、ひとつにまとまるよりはお互いに離れて行く時期を迎えている。

だが、そう思うことはやはりさびしかった。嘘でもいいから、おみねが言ったように、いまにうまく行くと言ってもらいたい気持がある。そう言われると、はたしてあったかどうかも疑わしい家族団欒の図が、うっすらと見えて来るようでもあった。

こんな親身ななぐさめを口に出来るあたりが、ただの出来合いの浮気の相手とは違う、おみねのいいところだと思いながら、新兵衛は巻いた手の指先に触れる、おみねのあごの下あたりをさすった。

ひさしぶりに腕に巻いたおみねの身体は、重くてあたたかく、頸の皮膚はやわらかかった。

「ねえ？」

おみねが顔を上げた。酒のせいか、それとも新兵衛に頸を抱かれているせいか、おみねの顔は、上気しているようにうすく赤らんでいる。おみねはささやくような小声で言った。

「泊っていらっしゃいませんか？」

「いや、そうしてはいられない」

新兵衛はおみねの頸から、腕をはずした。

「そろそろ帰る」

「たまにはいいじゃありませんか」

おみねは落ちついた微笑をむけて来た。新兵衛をひきとめるのに、自信があるというふうにも見えた。

「こんなふうに、二人きりでゆっくり出来たのはひさしぶりでしょ？　もう、お泊りの支度をしてあるんですよ」

「……」

「でも、やっぱりおかみさんに悪いかしら？」

「あきれたね、手回しのいい女子だ」

新兵衛が言うと、おみねの笑いが大きくなった。

「うれしい。じゃすぐに後始末をしますから、お先に休んでてください」

おみねは、すばやく立ち上がった。おみねが茶の間との境の襖をあけて、膳を下げはじめたので、新兵衛は立ち上がって隣の部屋に入った。

泊りの支度がしてあると言ったのは、本当だった。三畳の部屋いっぱいに夜具が敷いてあって、枕もとに小さな有明行燈《あんどん》がともっている。やわらかな光に、派手ないろをした夜具の花柄がうかび上がっているのが、その部屋の淫らな感じを強めていた。

——どうせ……。

帰ってほめられるわけじゃなし、と新兵衛は思った。帰っても、帰らなくても、家の中のつめたさが変るわけではない。冷えびえとした家にもどるよりは、おみねのそばで一晩をすごす方がいいかも知れない。

それに、立ち上がってみて、新兵衛は自分が意外に酔っているのにも気づいていた。黙って立っているだけで、身体が揺れる。彦助と話をつけた気の昂《たかぶ》りから、思ったよりも酒を過ごしたようだった。

ゆらゆらと揺れながら、新兵衛は着物をぬぎ捨てて、夜具の中にもぐりこんだ。手足をのばしたとき、不意に番頭の喜八の顔がうかんで来て、明日の朝、いそぐような話はなかったかと一瞬耳を澄ますような気分になったが、新兵衛はすぐに考えることをやめた。商いのことだって、たまには忘れないと、身がもたない。新兵衛はのびのびと手足をのばし、あくびをした。酔いがやわらかく身体をほぐし、そのまま眠りこみそうに気持がよかった。天井に有明行燈の丸い光の輪が揺れている。

この家に、一度だけ泊っているのを、新兵衛は思い出している。おみねが店をひらいて数日経ったころで、様子を見に来てそのまま泊ったのだ。そのときは、おみねとはこれっきりだと思ったのだが、男女のことはうまくいかないものだ。誘われれば、またこうして泊る気になっている、と新兵衛は思った。

何となくおみねの罠《わな》にはまった感じもあるが、新兵衛にもその気持がまったくないとは言えなかったのである。おあいこだ。

――それに……。

おみねに何か魂胆があるとしても、たかが知れている。おみねは彦助のような悪とは違う。

新兵衛はくつろぎ、もう一度あくびをした。そのとき襖をあけておみねが入って来た。おみねは夜具の裾にうずくまって帯を解きながら、新兵衛に笑いかけて来た。

「眠っちゃ、いやですよ」

そう言ったのは、新兵衛の眠そうな顔が眼に入ったのだろう。するりと着物をぬぎ捨てたおみねが、夜具のはしをめくって、新兵衛の横にすべりこんで来た。おみねの真赤な長襦袢《ながじゅばん》姿が、新兵衛の眼をさました。行儀よく上をむいて眼をつむっているおみねの身体に、新兵衛はそろそろと手をのばした。おみねの胸のふくらみも、そこから寄せて来る肌の香も、新兵衛にはなじみ深いものだった。

おみねが、不意に新兵衛の手を押さえた。おみねはくるりと身体を回して、新兵衛にむきなおると、はにかむような笑いをうかべた。

「ほんとに、おひさしぶり」

おみねはそう言うと、ぱっと新兵衛の胸に顔をつけたが、すぐに顔をはなして、枕もとの行燈を指さした。

「消してもいいでしょ？」

「ああ、いいよ」

新兵衛がうなずくと、おみねは腹ばいになって身体をのばし、すばやく灯を消した。

夜具の中にもどったおみねの身体に、新兵衛はまた手をのばした。おみねの身体は固太りだが、乳房も腹もやわらかくて熱かった。その身体のどこを押さえれば、おみねが喜ぶかを、新兵衛は知りつくしている。闇の中でも、押さえればその場所は眼にうかんだ。

老練な手妻師のような新兵衛の指の動きに、おみねはじきに息を乱しはじめた。やがておみねの身体が顫え出し、堪えかねるような声が洩れる。おみねの声は、少女めいてかわいらしく聞こえる。その声に引き出された新兵衛の欲望が、少しずつ高まって行った。

おみねが鋭い声をあげたのをしおに、新兵衛は夜具をはねのけて身体を起こした。だが、女の脚の間にうずくまったまま、新兵衛は凝然と動かなくなった。奇妙な時が流れた。やがて、訝《いぶか》しむようにおみねが声をかけてきた。

「どうしたんですか？」

「ちょっと待ちなさい」

と新兵衛は言った。おどろきと屈辱に襲われていた。新兵衛は心の中で自分をはげましたが、股間には何の動きも現われなかった。新兵衛のものは、力なく垂れさがったままだった。そこに老いが顔を出していた。

やっと察したらしく、おみねが言った。

「無理しない方がいいわ。飲みすぎたのですよ、今夜は」

「………」

「はじめてですか？」

「はじめてだ」

「もう、寝ましょ。寒くなって来たから」

「いや、灯をつけてくれ」

と新兵衛は言った。酒はさめていた。

「わたしは帰る。明日の朝、いそぐ用があったのを思い出した」

「でも、もう遅いですよ」

とおみねは言ったが、新兵衛には、おみねの声がひややかなひびきを帯びたように聞こえた。

おみねに見送られて、新兵衛は暗い町に出た。深夜の町には、人影はひとつも見えなかった。駕籠屋も起きているかどうかはわからなかったが、そこまで歩くつもりだった。

——もう齢だ。

と新兵衛は思った。ひとに聞いて笑い話にしたそのことが、わが身にも起きたのである。おどろきと恥辱感は、少しずつ、いく分かの恐怖をともなった、やるせないわびしさに変ろうとしていた。

暗い火花

一

酒肴《しゅこう》をはこんで来た女中が去って二人だけになると、新兵衛はすぐに言った。

「いただく前に、お話を済ませましょうか」

「はい」

丸子屋のおかみ、おこうは、緊張した顔で新兵衛を見た。

「いかがでした、小野屋さん？」

「話をつけました。もう、塙屋のことは何の心配もいりません」

「で、やっぱりお金を？」

「金が目あての男ですからね。ただというわけにはいきません。三十両くれてやることにして、手を打ちました」

「まあ、三十両も……」

「ただし、これ以上つきまとって来たら、脅しで訴えると、こちらも強く出ましたからね。三十両の受取りも取ることにしたし、もう大丈夫です。彦助も、二度とあんたの前に現われることはないでしょう」

「そうですか」

おこうの顔にみるみる安堵の笑いがうかんだ。

「小野屋さん、ありがとうございました。ほんとに、一時はどうなるかと思ったのです。ありがとうございました」

「あんたが礼を言うことはない」

新兵衛は苦笑した。

「もともとが、わたしの不手際から起こったことです。あんたを、あんな店に連れこまなければ、何のことはなかった」

新兵衛は銚子を持ち上げた。

「そういうわけで、話はつきました。今夜は祝い酒といきましょうか。一杯ぐらいなら、かまわないでしょう？」

「はい」

と言ったが、おこうは手をのばして、新兵衛の手から銚子を取り上げた。

「まず、小野屋さんからおつぎします」

「そうですか、すみませんな」

新兵衛は酒を受け、あらためておこうの盃にも酒を満たした。二人は盃を持ち上げて、笑顔を見かわした。

「では、いただきましょう」

「ほんとに、ごくろうさまでした」

新兵衛はひと息に盃をあけ、おこうはちょっと口をつけただけで、盃を膳にもどした。おこうは箸を取り上げた。

「めずらしい。鮎の塩焼きですね」

「この店は魚河岸が近いから」

と新兵衛は言って、おこうにはかまわず手酌で酒をついだ。

「いったいにうまい肴《さかな》を出しますが、鮎は多摩川からじかに取り寄せているはずです。わたしも今年はじめてお目にかかった。どうぞ、遠慮なくめし上がってくださいよ」

「塙屋さんのことですけど……」

鮎の肉をむしりながら、おこうが言った。

「ひと筋縄ではいかなかったのでしょ？」

「とても、とても」

と言ったが、新兵衛は自分の顔にゆとりのある笑いがうかぶのを感じた。彦助との取引は、こちらの勝ちだったのだ。

彦助は、いまは百両の金が手に入ることを考えて有頂天になっているだろうが、金を受け取ってしまえば、今度はそれだけの大金を脅し取ったことに、いくらかは恐怖を感じるはずだ。そのときには、こちらが百両の受取りを手に入れていることも、彦助を落ちつかなくさせるだろう。

「いやな男です。ひとから金を脅し取って平気というほどの悪党とは思えないけれども、なにせ破れかぶれなところがある。商いの方は投げ出しているからですよ。恥をかくのを厭《いと》わない男というのは厄介です」

「ほんとに」

おこうは箸を置いて、ため息をついた。

「あたし、一時は覚悟を決めたのですよ」

「覚悟？」

「ええ」

おこうはうつむいたまま言った。

「話がこれ以上面倒になったら、そのときは家を出るつもりでした」

「そんな必要はない」

新兵衛は、思わず強い口調で言った。盃を下に置いた。

「そんな、家を出るなどということは、さらさら必要ありません。もともと何にもなかったことなのですから、いざとなれば彦助を訴えて出ればいいのです。わたしは、そのつもりでいましたよ」

「……」

「むろん、切羽詰まったときのことですがね」

「でも……」

おこうはちらと眼を上げて新兵衛を見た。おこうの顔に、弱弱しい微笑がうかんだ。

「そんなことが、少しでも耳に入ったら、ウチのひとはあたしを決して許さないでしょうから……」

「……」

「訴えるなどということは、とても無理ですよ」

新兵衛は、おこうの顔をじっと見た。ひと月ほど前に、下谷広小路の水茶屋でおこうに会ったときのことを思い出している。

そのときも、新兵衛はいよいよのときはおこうの夫に会って、一部始終を打ち明けるまでだと言ったのだが、おこうは無言で首を振っただけだったのだ。

むろん新兵衛は、そんなことが簡単に出来ると思って言ったわけではない。おこうの夫がその話を信じるかどうかも疑問だった。だがどうせ無傷で済まないとなれば、受ける傷を最小限に喰いとめなければならないとも思っていたのだ。だが、そのときのおこうの暗い顔は、その手が通じないことをはっきりと示していたのである。

訴えるのは無理だと言ったおこうの顔に、そのときと同じ暗い表情がうかび上がっている。

——おこうの亭主は……。

よっぽどの焼きもちやきかね、と新兵衛は胸の中で首をかしげたが、おこうの表情には、もっとべつのものがひそんでいるような気もした。

何ひとつ不足がなさそうに思われる丸子屋のおかみの顔を、時おりかすめるこの暗い感じは何なのだろう、と新兵衛は思った。おこうの家の事情に関心が向いたのは、はじめてだった。

ふと、思いついて新兵衛は言った。

「おこうさんは……」

言いかけて、新兵衛はあわてた。

「ごめんなさいよ。つい、馴れなれしい言い方をして」

「いいえ、かまいません」

新兵衛があわてたのがおかしかったらしく、おこうは口に手をあてて笑った。もとの明るい笑顔を取りもどしていた。

「どうぞ、おこうと呼んでください。その方が気が楽ですから」

「それじゃ、失礼して」

新兵衛も笑った。思いがけなく内輪な空気が生まれたようだった。その空気の中で、新兵衛はさりげない口調で聞いた。

「つかぬことを聞きますがね、おこうさんは、子供さんは何人?」

「いません」

おこうは、微笑を崩さずに言った。

「一人も出来なかったんです」

「ははあ、なるほど、そうですか」

新兵衛は、自分の直感があたったのを知った。若若しくうつくしい丸子屋の女房には、その若若しさのために、子供の母親の雰囲気が稀薄だった。新兵衛は、丸子屋のおかみとして不足なく暮らしているはずのおこうの顔に、時おり見え隠れする暗い影が、しあわせの欠けた部分を示すものなら、それは子供に関係があるかも知れないという気がしたのだが、その見当があたったようである。丸子屋の跡つぎを生めなかったおこうの立場は、ひょっとしたら丸子屋の中で微妙なものになっているのかも知れなかった。むろんそれは推測でしかないが、おこうの言葉のはしばしに現われる、異様なほどに夫をはばかる気配が、新兵衛にそこまで考えさせる。

——ひとは……。

何がしかの不幸を抱えて生きている、と新兵衛は思った。しあわせそうな丸子屋のおかみも例外ではない、と思ったが、新兵衛はむろんそんな考えを口にする気はなかった。あっさりと言った。

「しかし、それはおさびしいことですな」

「家の中では、あたし、評判がわるいんですよ」

おこうが笑いながら言った。

「石女《うまずめ》だって言われてるんです、姑《しゆうとめ》に」

「おっかさんがおられる？」

「ええ。もう七十近いひとですけど、それはもう元気で」

新兵衛は慄然《りつぜん》とした。姑も丈夫でいるその家に、彦助に乗りこまれたおこうの心痛が手にとるように理解出来たのである。

だがおこうは、その言葉に自分勝手な思い入れをつけ加えたりはしなかった。さらりと言っただけで銚子を取り上げた。

「おひとつ、いかがですか」

「や、こちらはご心配なく」

新兵衛は恐縮して酒を受けると、わたしにはかまわずに召し上がってください、と言った。そう言われて、おこうはまた箸を膳のものにのばした。

二

おこうは時どき小声で、自然薯《じねんじょ》がいい味とか、白魚がおいしいとか料理をほめた。その様子がたのしそうなので、新兵衛は飲みながらつい口を出した。

「白魚は佃島と浅草川で上げるのですが、ここの店では佃島のを使っているそうです」

「そうですか。新しくていい味」

「一杯、いかがです？」

新兵衛が銚子をむけると、おこうはちょっとためらう様子をみせたが、すぐに盃を出して受けると、つつましく酒を飲んだ。

そういうおこうの姿が、以前丸子屋のおかみとして遠くから眺めていたころとは、別人のように、新兵衛の眼には映る。苦労知らずの大店の女房とみていた女は、内側にけっこう人なみの苦労も抱える一人の女だった。おこう自身は、そういう自分の内側のことにはほんのわずか触れたばかりで、以前と変りなく品よくおっとりと構えているが、新兵衛には、その姿のままにおこうが一層身近な存在になったように感じられる。

——妙な縁だった。

と新兵衛は思っている。

今度のようなことが起きなかったら、このひとの気持の内側をのぞきみる機会など一度もなく、ただの美貌の同業のおかみとして、遠くから眺めるだけで過ぎたことだろう。

そう考えると、脅しに支払う金のことをべつにすれば、彦助の演じた役割は、なかなか味のあるものだったと言えなくもない。

——もっとも……。

この魅力あるおかみとのつき合いも、今夜で終りだと、新兵衛は思った。脅しの一件はこれで片がつき、こんなぐあいに二人きりで会う機会は、もうなくなるだろう。今夜だって、そう長くは引きとめない方がいい。

新兵衛はこの前に、同じこの部屋でおこうと会ったときの帰り道のことを思い出している。送って行く暗い道で、はげしく揺れた心。それは白昼の光の中で思い返してみれば、肌寒くなるような光景だったのである。

ひとの女房を盗んだことが露《あら》われて、訴えて出られれば死罪である。おこうともどもに死罪である。

九尺二間の長屋住まいの住人なら、堪忍料を出して詫《わ》びるという手もあるだろうが、小野屋新兵衛の密通は、千金を積んでも赦《ゆる》してはもらえないだろう。一度も会ったことがないにもかかわらず、新兵衛には、おこうの夫はその事実をにぎったときに冷然と訴えて出る男ではないかという勘が働いている。

うかつなことは出来なかった。あのときは、断崖絶壁のふちに立っていたのだと、新兵衛はおこうと歩いた暗い夜道を顧みる。そして、あの夜日本橋の上で、同業の上総屋に会ったことも思い出した。

「この前、あんたを一丁目の角まで送ったときに……」

新兵衛はおこうに微笑をむけた。

「知ったひとに会いましてね。いや、おどろきました」

「どなたですか？」

あらまし膳の物を喰べ終ったおこうが、箸を置いて新兵衛を見た。

「上総屋さんですよ」

「まあ」

「あんたを見送って、橋まで行ったところに後から追いついて来ましてね」

「……」

「ひょっとしたら、あんたとすれ違ったのじゃないかと思ったが、気づきませんでしたか？」

「いいえ、ちっとも」

と言ったが、おこうははじめて新兵衛が言っていることの意味をさとったようだった。顔いろを曇らせた。

「気づいたでしょうか？　あたしたちに」

「さあ、わかりませんな」

新兵衛は銚子を傾けたが、わずかな酒が盃に滴っただけだった。しかし、今夜は酒はこれでしまいにしよう、と新兵衛は思った。

「熱い茶をもらいましょうか？」

「はい、お願いします」

新兵衛は手を叩いて女中を呼んだ。

「上総屋さんとは、十軒店《じっけんだな》の角まで話しながら帰りました。べつに気づいたような事は言わなかったけれども、ひとの気持はわかりませんからね。気づいても黙っていたのかも知れない」

新兵衛がそう言ったとき、襖をあけて女中が顔を出した。熱いお茶を、と言ってから新兵衛はおこうの顔を見た。

「帰りは駕籠を頼みますか？」

「いえ、歩いて帰ります。今夜はあたたかそうですから」

それではお茶だけを、と言うと、女中は去って行った。新兵衛は言った。

「世間というものは、なかなか油断のならないものです」

おこうはうなずいて、ええと言った。

「誰がどこから見ているか、わかったものじゃありません。彦助のことにしても、あの晩のたったあれだけのことが、こんな騒ぎになるとは思いもしなかった」

「ほんとに」

おこうが考えこむように、衿《えり》にあごをうずめたとき、女中がお茶を運んで来た。

「さあ、これを頂いて帰りましょうか」

「はい」

二人は黙ってお茶をすすった。これで、丸子屋のおかみと会って話すことも、もうなくなるなと新兵衛は思った。すると、さっきあれほど気持をひきしめたはずなのに、そのことが少少残念な気もして来るのだった。

「でも……」

不意に顔を上げて、おこうが微笑した。

「のんきなことを言うと叱られるかも知れませんけど、こうして小野屋さんとお会いして、いろいろとお話出来て、あたしはたのしゅうございましたのよ」

それは新兵衛が世間は油断がならないと言ったことに対する、おこうの答えだったが、おこうのいまの気持の告白にもなっているようだった。このひとも同じことを考えていたらしい、と新兵衛は思った。

新兵衛も微笑した。こんなふうに二人きりで会って話すことは、もう二度とないだろうとおこうも思い、そのことに心を残している様子なのに、まるで若者のように心がときめくのを感じはしたが、二人のそういう気持の動きの危険な行方も、新兵衛には見通すことが出来た。

「わたしもたのしかった。しかし……」

「あ、小野屋さん。大変なことを忘れていました」

おこうは急に口をはさんだ。うろたえた顔いろになった。

「まあ、なんてうかつなんでしょ。お金のことをすっかり忘れていました」

「お金？」

「ええ、三十両のお金です。そのお金、半分はあたしに出させてくださいね」

その金の受け渡しがあると、もう一度このひとと会うことが出来るな、と新兵衛は未練がましく思った。だが、それはいかにもみみっちい考えのようにも思われた。

「お金のことならいいのです」

新兵衛はきっぱりと言った。

「前にも言ったように、今度のことはわたしのうかつさから起きたことです。あんたが心配することはありません。こういうことは、男にまかせておけばよろしい」

「でも、そのつもりであたしも多少のお金は用意しましたから」

「あんたは今度のことでは、十分に心配なさった。お金のことまで気を遣うことはありません」

新兵衛は強い口調で言い、さてそろそろ帰りますか、と言った。

「あまり遅くなって、お家の方に変に思われてもまずい」

「今夜は、むかしの友だちの家に行くと、言って出て来たのですよ」

おこうはくすくす笑った。

「せっかく嘘をつくのが上手になったのに、もうおしまいですね。あの、ほんとにお金のことはよろしいのですか」

「かまいません。そんなことはわたしにまかせておけばいいのです」

「それでは、お言葉に甘えます」

おこうは深深と頭をさげてから、膝を起こした。

「それじゃ、またお先に出て、橋まで行っていましょうか？」

「そうしてください。わたしは勘定を済ましてから追いつきます」

立ち上がったおこうを、新兵衛は部屋の入口まで見送った。花井は繁昌《はんじょう》している料理屋である。この時刻にも、店にはまだ客がいっぱい詰まっているはずだった。

——店の中で……。

誰に会うか知れたものではない、と新兵衛は思っている。ひと呼吸置いて、そ知らぬふりで出るつもりだった。

「……」

部屋の出口で、不意におこうが立ちどまって振りむいたので、新兵衛はあぶなくおこうにぶつかりそうになった。

「なにか？」

新兵衛はおどろいて言ったが、おこうは一瞬深深と新兵衛をのぞきこむように見つめただけだった。無言で首を振ると、部屋を出て行った。

襖をしめて、新兵衛はもとの座にもどると、ぬるくなった茶をすすった。ひとりでに苦笑がこみ上げて来た。新兵衛は、今夜はおこうに対して、この前よりは用心深くふるまったつもりだった。駕籠はどうかと言ったときも、おこうが駕籠を呼んでくださいと言えば、その方がいいと思ったのだし、夜道を送って行くことにもためらいがあった。

だが、おこうはこの前同様に新兵衛に送ってもらえるものと思いこんでいたようである。先手を打たれたようで思わずにが笑いしたが、むろん、おこうが歩くと言えば送って行くしかないのである。暗い夜道を女一人で帰すわけにはいかなかった。ころ合いをみて、新兵衛は立ち上がった。

三

荒布橋に近づくと、橋袂《はしだもと》にいたおこうが、寄りそうように新兵衛のそばに来た。おこうは、この前のようにひとりで帰れるとは言わなかった。

「暗い晩ですな」

新兵衛が言って先に立つと、おこうは小声でほんとにと言って、うしろにつづいた。

江戸橋にさしかかったところで、橋を渡って来たやはり提灯《ちょうちん》を持たない男とすれ違っただけで、ほかには橋の前後にひとの気配はなかった。二人は魚河岸の遠い灯を右に見て、暗い江戸橋を渡った。

　あらまし橋を渡り切ろうとしたところで、不意に右手の船着き場が明るくなり、つづいて人声が聞こえて来た。見ると、番人小屋の戸が開いて、男が三人、河岸に出て来たところだった。

　一人は河岸に立って、高く提灯をかかげ、あとの二人は身軽に舟板を伝って船に上がった。船の上に何かさがすものがあるらしく、河岸にいる男と船上の二人は、時おりどなるような声をかわし合っている。

　だが、そこを通りすぎると、新兵衛とおこうは再び闇にのみこまれた。新兵衛は黙黙と歩いた。高い塀を連ねる蔵屋敷わきの広場を通り抜ければ、また灯が射す横町が見えて来る。そこまで眼をつぶって歩けば、おこうとのことは終りだった。おみねが言ったように、万事めでたく、事もなく。あとは彦助の後始末が残るだけである。

「新兵衛さん」

　うしろで、おこうの声がした。

「もう、これっきりですか？」

　なぜか哀切なひびきをふくむその声が、新兵衛を立ちどまらせた。立ちどまって振りむいた新兵衛の前に、おこうの白い顔がゆっくり近づいて来てとまった。そのまま、二人は動かなくなった。

「また、お会い出来ますよ、おこうさん」

長い沈黙のあとで新兵衛が言った。言いながら、闇に無数の火花が散るのを感じた。新兵衛は手をのばした。いま、ひとの道を踏みはずすところだと思った。だがその恐怖も、のばした指に触れたおこうの身体のあたたかみに打ち消された。

「これっきりなどということが、あるものですか。またお会い出来ますよ、必ず」

新兵衛はささやいたが、言葉はほとんど意味を持っていなかった。こうなることは、深川の曖昧《あいまい》宿でこのひとと顔を合わせたときからわかっていたのだ、と新兵衛は思った。

新兵衛が肩を引きよせると、おこうの身体は不意に力を失ったように、新兵衛の胸に倒れかかって来た。快い重味とぬくもりを持つ身体を、新兵衛はしっかりと抱きしめた。新兵衛が唇をもとめたのを、おこうは拒まなかった。ぐったりと顔を仰向けて唇をゆだね、時どき目ざめたように自分から応えた。

「少し歩きませんか」

長い抱擁のあとで新兵衛が言うと、おこうは、おどろいたようにはいと言った。新兵衛から身体をはなすと両腕を上げて髪をなおした。

二人は、蔵屋敷の角を曲らずに、まっすぐもみじ川の河岸を南に歩いた。新場と呼ばれ、魚市が立つその河岸にはかすかな魚臭がただよっている。

だがしばらく歩くと、魚臭は遠のいてただの暗い道になった。片側が材木町の家つづきになっているその道には、ところどころ灯影が道にこぼれている場所があった。

二人はその場所をいそぎ足に通りすぎ、暗いところにかかるとまた足どりをゆるめた。

「ごめんなさいね、新兵衛さん」

おこうが打ちしおれたような小声で言った。

「あたし、今夜はどうしたのでしょうか。でも、このままではさびしくて……」

「……」

「ええ、とてもさびしくて」

「何も言わなくともいいのです」

と新兵衛は言った。

「こうなることは、はじめからわかっていたのですよ」

「ええ、ほんとに」

二人は黙りこみ、水音が聞こえる河岸の闇の中で向き合うと、また抱き合った。

月もなく、重くあたたかい夜気が二人を包んでいるだけで、夜の河岸には、ひとの気配はなかった。

不意に、おこうが新兵衛の胸から顔をはなした。

「あたし、そろそろ帰りませんと」

「そうですか。それじゃもどりましょうか」

二人がいるのは材木町六丁目の河岸で、すぐそばに松幡橋《まつはた》の黒い姿が見えていた。二人は河岸からすぐ路地に曲った。そこは因幡町だった。南伝馬町二丁目の大通りに出て、通称豆店と呼ぶ町の角で、新兵衛は立ち止まった。

「ここでお別れしましょう」

新兵衛は小声で言った。通りには、まだいくらか人通りがあって、道には、あちこちに灯のいろも射している。

「どうぞ、お先に行ってください。わたしは後からゆっくりと行きますよ」

おこうは無言で新兵衛を見つめている。少しためらってから新兵衛は言った。

「このつぎにお会いする場所と日にちは、わたしの方から便りします。それで、ようござんすか？」

おこうは無言でうなずいた。深深と頭を下げると、いさぎよく背をむけた。形よく稔《みの》った臀《しり》が、ひかえ目に、それでもなお男心をそそるように揺れて遠ざかるのを、新兵衛は見送った。

一人になった新兵衛を、突然に恐怖が襲って来た。ひとの女房と心を通じたこわさが、じわりと胸をしめつけて来る。はっきりとつぎの約束をしなくてよかったと思った。心を通わせ合っただけで十分ではないか。

だが、その恐怖も、おこうが住む通三丁目を通りすぎるまでだった。日本橋にかかるころには、新兵衛はどうしたらひと目につかずに、またおこうに会えるだろうかと考えはじめていた。蔵屋敷のそばの闇で、おこうと口づけをかわしたことを思い返すと、若者のように胸が顫えて来るようだった。

狙い撃ち

一

金を渡し、受取り書をたしかめて懐におさめると、新兵衛は一杯のお茶も飲まずに弓町の塙屋を出た。

四月の日射しが、頭上から射しかけて来た。強い日射しだったが、空気が乾いているせいか、暑さはさほどに感じられない。空を仰ぐと、江戸の町の上に藍《あい》で染め上げたような空がひろがっていた。一片の雲もなかった。

――これで……。

決着がついた、と新兵衛は思った。小判で五十両、切餅二つで五十両の金を改めたときの、彦助の手の顫えが思い出された。その金を受け取り、受取り書を新兵衛に渡したときから、彦助は立派な恐喝者になったのだった。

女房が帳場にお茶を運んで来ると、彦助はあわてて膝の上の金を机の下に押しこんだ。うろたえた顔にうかぶ表情に、あきらかに罪を犯した者の不安が動くのを、新兵衛は見ている。その意味では、新兵衛の方も彦助の弱味を握ったのだ。

──それにしても……。

塙屋のさびれようは、予想のほかだったと新兵衛は思った。店には五十前後と思われる奉公人と小僧の二人がいて、棚の品物をおろしたり数えたりしていたが、新兵衛がいるうちに年配の奉公人は風呂敷の荷を背負って、店を出て行った。してみれば、その男が外回りの奉公人なのだろう。

客の姿は一人もなく、店の中は埃《ほこり》っぽく、がらんとしていた。その空虚さは救いがたいものに思われた。おそらく塙屋ののれんにつながる、古い細細とした商いは残っているものの、新規の取引というものもないに違いなかった。

彦助に同情する気はさらさらないが、新兵衛は同じ紙屋として、塙屋のさびれようをうそ寒く眺めて来たのである。塙屋の先代は、やり手で鳴らした男で、一代で店を興したと、聞いている。その店も、二代目にめぐまれなければあの有様だと、新兵衛はがらんとした塙屋の店に、自分の店をかさねあわせて見ずにはいられない。

不吉な考えを振りはらうように、新兵衛は首を振った。そこは通三丁目で、間口の広い丸子屋の店先が見えていた。軒下に大八車が二台もとまっていて、荷を積みこむために、いそがしく店を出入りする奉公人の姿が見える。

いま見て来たばかりの塙屋の店とは、雲泥の相違だった。活気にあふれているその店の前を、新兵衛は通行のひとの群にまぎれて通りすぎた。丸子屋の店には、顔をむけなかった。

頭の中に、ちらとおこうの面影が動きはしたが、白昼の光の中では、その面影もどことなく現実味を欠いて、その店の奥におこうがいるとは信じられないくらいだった。

そのくせ新兵衛は、われ知らずいそぎ足になっている。後もふりむかずに遠ざかった。

もっとも新兵衛は、いそいで通りすぎる必要などなかったのだろう。日本橋の南、通一丁目から四丁目、さらに中橋広小路から南伝馬町にのびる道には、往来のひとが溢《あふ》れていて、丸子屋の店から新兵衛の姿に眼をとめた者はいなかったはずである。

だが、足をいそがせたものは、新兵衛の心の中にあった。丸子屋のおかみ、おこうと心を通じたことは事実である。そして、まだ迷ってはいるものの、ふと物狂おしい思いにとらわれて商いの手をやすめ、思い切っておこうに会う段取りをつけようかと、考えに沈む一刻があるのも紛れのない事実だった。

たったいま、ひとつの疑いにけりをつけて来たばかりなのに、新兵衛は、自分の中の心にもはや彦助を非難出来ない罪深い気持が揺れ動くのを承知している。逃げる足どりにならずにはいられなかった。

だが通りすぎてから新兵衛はふと、益吉の店に寄るのを忘れたことを思い出した。無意識のうちに、気持が表通りの丸子屋に向いていたせいだろう。

新兵衛は、三丁目の角を右に曲った。そして新右衛門町の間をまた右に折れて、ちょうど丸子屋の裏を通り抜ける恰好で、益吉の店がある大鋸《おが》町までもどった。

二

「つるき屋」と白で染めぬいた藍のれんがさがっている店は、丸子屋よりひと回り小さく、建物もくすんだような色をしているが、一歩店の中に入ると、そこには数人の客がいて、声高な商談と、いそがしく立ち働く奉公人の姿で活気が満ちていた。

「あ、小野屋のおじさん。いらっしゃい」

客の相手をしていた益吉の倅《せがれ》が、目ざとく新兵衛を見つけて声をかけて来た。ちょうど話が終ったところらしく、土間に降りて客を送り出すと、益吉の倅はあらためて新兵衛に笑顔をむけながらそばに来た。清次郎という名前で、もう二十二、三になるはずである。

「いそがしそうだね？」

新兵衛は、隅の帳場にいて、まだ新兵衛には気づかずにうつむいて客と話しこんでいる益吉の方を指さした。

「なに、用件は終って世間話をしてるんですよ」

清次郎は歯切れよく言った。益吉には似ない、長身の若者である。

「深川の帳屋の番頭さんです。ちょくちょくみえるひとです」

おとっつぁん、小野屋さんだよと清次郎が声をかけると、益吉がおどろいたように顔を上げた。新兵衛を見て笑顔になった。

すると、益吉と話しこんでいた客も新兵衛を振りむき、ちょうどいいしおだというふうに腰をうかせた。

「それじゃ、さっきの件は何分よろしく頼みます」

腰をのばして土間に降りた客が言っている。

「わかりました。鶴来屋はそんな因業な商いはいたしません。心配なさらずに、どんどん品物を使ってくださいと、善兵衛さんにお伝えください」

「あたしもそう言っているんですがね。なにせ、ウチの旦那ときたら、ひと一倍心配性なたちなものだから」

帳屋の番頭だという太って大柄な男は、そう言うと胸をそらせてはっはっと笑った。益吉とあらためて挨拶をかわし、それから立っている新兵衛にごめんなさいよ、失礼いたしますよと言いながら、男は小腰をかがめて前を通りすぎて行った。

店横の蔵から紙をはこんでいた清次郎が、すばやく店の出口まで帳屋の番頭を送り出したのを、新兵衛は見た。商人の身ごなしが身についた、その動きがうらやましいものに思われた。

「どうですか？　奥で一服しませんか？」

益吉が声をかけて来た。益吉はもう立ち上がっている。

「しかし、いそがしそうだから……」

「いや、そんなでもありませんよ。あたしもちょうどひと休みしようかと思っていたところです」

益吉は言うと、息子に声をかけた。

「清次郎、ちょっと帳場を代ってくれないか」

新兵衛は履物をぬいで店に上がると、益吉の後について奥に入った。台所の方から、低い女の話し声が聞こえるだけで、鶴来屋の奥は静かでひんやりしていたが、茶の間に入ると長火鉢の上で鉄瓶が鳴っていた。

「この間は、すっかりごちそうになっちまって」

益吉は二月も前に、二人で飲んだときのことを持ち出して礼を言いながら、馴れた手つきでお茶を淹れ、新兵衛にすすめた。

「なに、礼なんぞ言《い》うことはありません。うむ、これはうまいお茶だ」

新兵衛はお茶をほめた。昼すぎに家を出てから、一杯の水も飲んでいないので、お茶がうまかった。

熱いお茶をすすりながら、新兵衛は何となく部屋の中を見回した。姿が見えないところをみると、益吉の女房のおたねは、例によって外に出ているのかも知れなかったが、部屋の中の掃除が行きとどいているのが眼についた。

障子の桟には埃ひとつ見られず、火鉢も茶箪笥《ちゃだんす》もぴかぴかに光っている。おたねが不在でも、家の中の暮らしは、おたねをあてにしないでちゃんと回転しているように見えた。

――つまり……。

それが、のれんの強味というものかも知れないと、新兵衛は思った。女房があてになろうとなるまいと、そういうことにはかかわりなしに、益吉には守って行くべき日日の秩序というものがあるのだ。

そのことは、奉公人にまじって快活に商いに精出している倅の清次郎にもいえることに違いないと新兵衛は思った。若い者が、母親の不行跡を気にしないはずはないのだが、益吉の倅は、その心配は心配として、それよりも店の商いを守る方が大事という気持を持っているようにも見える。

そう思うと、店で見たときよりも陰気くさい顔になっている益吉も、倅の清次郎も、厄介な女房であり、母親であるおたねを中につつみこんだまま、しっかりとまとまって暮らしている有様が見えて来るようだった。それが、のれんのある家の強みなのだ。

——そこへ行くと……。

家はばらばらだ、と新兵衛は思った。ひとつが崩れると、つぎが崩れて、いまは親は親、子供は子供でばらばらに生きているようなものだった。一代で築き上げた家にも、守るべききまりがないわけではないが、ひとをつなぎとめる重味を持たないところは、いかんともしがたいのだ。

そういう、ひとを縛る重味のある秩序が欲しいとねがうわけではなかった。出来合いの、軽軽しい秩序しか持たない家は、それはそれで気楽だった。新兵衛自身が、幸助のことを考えあぐねたときなど、たかが一代で出来上がった家だ、どうなろうと、騒ぐことがあるものかと、ふっと思うことがある。

だがその軽軽しさが、ばらばらでまとまりを欠くいまの家の有様を生み出していることが、益吉の家をたずねてみて、よく納得がいく気もするのだった。

「清次郎さんが、二代目らしくなって来たね。うらやましいね」

と新兵衛は言った。

「なに、まだまだですよ」

益吉は、新兵衛のほめ言葉には乗って来なかった。陰気くさい顔をうつむけて、お茶をすすった。

「あんたのようにほめてくれるひともいるけど、あたしからみると、まだまだ。考えてることがまだ青くさい」

「それは若いのだから、しょうがあるまい」

と新兵衛は言った。

「ああして、店の仕事に精出しているのだから、言うことはないよ」

「あんまり骨惜しみはしないね。それが取柄かな」

「うらやましい。ウチの幸助はだめだよ、益吉さん」

新兵衛が言うと、益吉はびっくりしたように顔を上げた。

「幸ちゃんが？　しばらく会っていないが、いくつになったって？」

「十九だね」

新兵衛はにが笑いした。

「十九だが、遊びの方はもう一人前で、商いにはさっぱり身が入らない」

「この前もそんなことを言ってたね」

益吉は窺うように新兵衛の顔を見た。

「そんなにはげしいのかね」

「お話にならない。それも吉原で世間を勉強して来るというのじゃなくて、岡場所を面白がっている。十九の青二才がだよ」

「それは恐れいったね」

と言ったが、益吉はそんなにおどろいたような顔はしなかった。

「へえ？　幸ちゃんも、いよいよ親泣かせの時期に来たかね。しかし新兵衛さん、そういうことは親が心配したってしょうがないんじゃないの？」

「あんたは他人だから、そういうのん気なことを言うけれども、親の身としては、心配しないわけにはいかないね。なにしろ遊びに気をうばわれて、商いが手につかないのだから」

「まあ、聞きなさい」

と言って、益吉は顔にうす笑いをうかべた。

「ウチの倅、あれもひところはずいぶん遊んだ口だよ。ほんとうにどうなることかと、心配した」

「ほう？　それはいつごろの話？」

「奉公を終って家にもどって来た年だからね。三年ぐらい前になるかな」

「長くつづいたのかね?」

「さあて、一年ぐらいかな。もう、意見をしてもきかないから、あたしゃほうっておいた。そしたら自分で切り上げたね」

「なるほど」

「新兵衛さん、男の子なんてものはそんなもんだよ。われわれの若いころだって、女というと眼のいろが変ったじゃないか。いまはそのことを忘れちゃっているから、息子がそっちに行くとおどろくだけですよ」

「一年ぐらいねえ」

新兵衛は腕をこまねいた。かすかに気持があかるくなっている。

「それですめばいいのだが……」

「心配することはないって。子供は子供なりに考えてやっているものだよ」

「いや、ありがとう」

と新兵衛は言った。幸助の遊びの話は、この前会ったときにくわしくは打ち明けそびれたのだが、もっとはやく話せばよかったと思った。

「あんたに話してよかった。いや、親というものは、どうしても事を悪い方に考えがちなものでね。小野屋も、わたし一代で何のことはない、終りかと思ったりしていたのだ」

「それはちと、大げさだろうさ」

と益吉は言った。

「十九で岡場所の味をおぼえたというのは、幸ちゃんもなかなか立派なものだが、それもいっときのことだよ。いまに眼がさめる」

「そう願いたいね」

益吉が新しく淹れ替えた茶を出した。熱い茶をすすってから、新兵衛が言った。

「今日は、ちょっと聞きたいことがあって寄ったのだ」

「何だろ？」

益吉は自分もお茶をすすりながら、新兵衛を見た。

「それが、ちょっと妙な話なのだが……」

新兵衛は、とくい先の帳屋に同業の森田屋が割りこんで来ていることを、くわしく話した。手代の倉吉を回らせたところ、ほかにも、小野屋の紙だけを扱っているわけではないがかなり有力なとくい先である帳屋二軒に、同様に森田屋が割りこんでいることがわかって、この一件は、早速に手を打たなければならないところに来ている。

「へえ？　それはおどろいたね」

益吉は不安そうな顔で、新兵衛を見た。

「あの森田屋さんがね。あそこは、無理な商いはしないところだが……」

「だから、わたしもおどろいているのだ」

「かなりの値引きかね？」

「表づらはさほどじゃないことになっているが、突っこんでみたら裏値段があってね。申し合わせ相場をうんと下回っているのだ」

「ほほう」

「いくら森田屋さんでも、その値段で儲けがあるとは、まず思えないね」

「おかしいな」

益吉は首をひねった。

「大店がそういうことをはじめると、また値崩れが起きるよ」

「森田屋さんの商いが苦しいなどということは、聞いてないだろうね」

「さあ、聞いてないなあ」

「あんたのところはどうだ？」

新兵衛は益吉の顔をのぞきこんだ。

「ウチのようなことは、起きてないのか？」

「いまのところはね」

と言ったが、益吉は小心そうに顔いろを曇らせた。

「しかし、そういうのが出て来たとなると、油断ならないなあ」

「ほかに、そのテの話は聞いてないかね？」

「いや、いや。いまはじめて聞いた」

「ふむ、するとウチだけか」

新兵衛はつぶやいて、腕を組んだ。番頭の喜八から、森田屋がとくい先に手を出して来たと聞いたとき、自分を取り巻く漠然とした悪意のようなものを感じたことを思い返している。

しかし、もしそれがただの勘でなく、事実だとしたら、おれの店だけが狙われるわけは何だろうと思ったとき、益吉がそう言えばこの前、変なことを聞かれた、と言った。

「変なこと？　誰に？」

「いや、それがね……」

益吉は小まめに熱い茶をいれてすすめ、振り向いて茶箪笥から盆にのせたせんべいを出すと、それもすすめた。

「使いが来て、須川屋さんに呼ばれたのだ。そう、半月ほど前かね」

「それで？」

「何の話だったと思う？」

「わたしにわかるわけがないだろう」

「例の一手販売のことだったよ」

益吉は、せんべいを一枚つまみ上げて、ばりばりと嚙んだ。

「行ってみたら、須川屋さんだけじゃなくて、森田屋さんと丸子屋さんがいた。そして何を言うかと思ったら、鶴来屋は一手販売に反対していると聞いたが、ほんとかと言うのだ」

「……」

「あたしも面くらったね。どうもおかしいとは思ったのさ。須川屋とは、べつに取引のつながりはないし、はて何の話かと思って行ったら、頭株がそろっていきなりその話だった」

「それで、あんたはどう言ったんだ？」

「どう言ったもこう言ったもあるものか」

と言って、益吉は今度はがぶりとお茶を飲んだ。

「まるで白洲のお取調べという恰好でね。反対だと言ってみろ、ただじゃ済まさないと、いいや、口でそう言ったわけじゃないが、みなさんの顔がそう言ってた。とても反対なんか出来るものじゃない」

「そうだろうな」

と言ってから新兵衛は首をかしげた。

「話というのは、それだけだったのかね?」

「それだけだった」

益吉は憮然《ぶぜん》とした顔になった。

「そのあと、仲買いは直取引と言ってさわいでいるが、仲買いから仕事を取り上げるわけじゃないとか、いろいろとくだいた話があったけれども、それも納め先は問屋に限るというのじゃ、仲買いはやっぱり潰れますよ」

「まあ、そうなるだろうな」

「人情としても面白くないし、あたしゃ一手販売というのは嫌いだよ。だけど何にも言えずに引き下がって来たというわけでね。われながらだらしない」

「近く寄合いをひらいて、意見をまとめるつもりだろうね」

と新兵衛は言った。

「それで根回しをしているのかも知れない」

「そうか。そういえば須川屋に呼びつけられたのはあたしだけじゃないらしい」

「反対の意見を先につぶしておこうというのさ。寄合いの席が揉《も》めては、世話役さんたちの顔が立たないということだろう」

「しかし……」

益吉は首をひねった。

「あたしが反対だ、などとどこから聞きつけたんだろうな。仲買いの弥三郎が来たときにもその話は出たけれども、そんなに強く反対したというわけでもないのに……」

「それは、わたしが悪かったかも知れないよ」

新兵衛は苦笑した。兼蔵に、賛成か反対かと迫られたときのことを思い出していた。

「わたしのところに出入りしている兼蔵が、その話でわざわざ来たことがある。小野屋は賛成か反対かと、えらく突っこまれてね。反対だと言ったのだ。そのとき、あんたの名前もちょっと出した。無理押しじゃないかと言ってたとね。それが悪かったかも知れない」

「すると、何かね？」

益吉は新兵衛をじっと見た。

「その兼蔵の方から、世話役連中に洩れたというのかね？」

「いや……」

と言って、新兵衛も益吉の顔を見返した。

「兼蔵は、そういう軽軽しい男じゃないはずだが、おかしいな」

「どっかから洩れているんだ。いやだね。さほど痛くもない腹をさぐられているようで」

益吉は顔をしかめたが、そこでさっき言ったことを思い出したらしかった。ともかくそういうことで、と話を引きもどした。

「根回しか何かは知らないが、いろいろと聞かれたのだ。そのときにね、小野屋は一手販売に大反対で、寄合いでその話が出たら潰してやると言ってるそうだが、聞いてないかと言うんだよ」

「………」

新兵衛はおどろいて益吉を見た。

「それで？　あんたは何と言ったんだね？」

「そのことであんたと話したことはあるが、寄合いで潰してやるなどということは聞いたこともない、何かの間違いでしょうと言ったよ」

「いや、ありがとう」

と言ったが、新兵衛は少少無気味な気がした。

事実上、問屋仲間だけの一手販売を狙う今度の話を、新兵衛がそのやり方は少しあこぎでないかと思っていることは事実である。だから兼蔵に、賛成か反対かと迫られたとき、反対だと言い、寄合いで意見をもとめられれば、自分の考えをのべてもいいと答えたのだが、むろん寄合いで話を潰してやるなどと言ったおぼえはない。大勢にはしたがわなければならないよ、と兼蔵には念を押したつもりだ。

話はかなり誇張されているようだが、そのとき兼蔵とかわした話のあらましが、世話役たちに洩れている様子なのが無気味だった。やはり兼蔵が洩らしたのだろうか。

しかし、兼蔵は分別のある男である。その話を、仲間を牛耳っている世話役たちに洩らせば、新兵衛の立場がどうなるかぐらいの判断がつかない男ではない。そこが不思議だった。それに、益吉にも言ったように、兼蔵はそういう話を、右から左に耳打ちするような軽率な男でもないのだ。

「大反対かね。いや、大変なことを言われているね」

新兵衛は苦笑したが、益吉は心配そうに新兵衛の顔を見ている。

「さっきみたいなことは言ってないんだろうね？」

「話を潰すってやつか。そんなことを言ったおぼえはないよ」

「なにしろ、気をつけた方がいい」

益吉は、小心そうに声をひそめた。

「大店の連中ににらまれると、商いがやりにくくなるからね。さっきの森田屋の一件も、そんなことが絡んでるんじゃないだろうね」

「まさか」

と新兵衛は言った。しかし、その筋もないことじゃないという気もした。だが、もしそんなことで森田屋がとくい先を潰しに来たというなら、納得出来ることではない。

「たしかめもせずに、そんな真似はしないだろう。いずれわたしにも呼び出しが来るだろうから、そのときはちゃんと弁解するさ」

「その方がいい」

と益吉は言った。

「兼蔵は大丈夫なのかね。まさか、いい加減なことを触れて歩いているわけじゃないだろうね？」

「それも、たしかめよう」

と新兵衛は言った。

三

鶴来屋を出ると、新兵衛は裏通りをまっすぐ万町《よろず》までも歩いた。そこで道を左に曲った。時刻はまだ七ツ（午後四時）前だろうが、日はやや西に回って、新兵衛を正面から照らして来た。

重苦しいものが、新兵衛を包んでいた。鶴来屋のとくい先は平穏だという。それだけで森田屋が自分だけを狙って来ていると断定は出来なかったが、その事実に、一手販売の一件で大店連中が心証を害しているらしいという説を重ね合わせると、底の方に何か薄気味悪い流れがあるようにも思われて来るのである。

――それに……。

須川屋が清涼院との取引に、手を出している一件がある、と考えると、新兵衛は自分の店が大店から狙い撃ちにされているような、不吉な感じを拭《ぬぐ》い切れなかった。大店ににらまれると、商いがやりにくくなると益吉は言ったが、やりにくくなるぐらいで済めばいい。資力も人手もある大店に、束になってかかられたら、まず店が潰れる。

しかし、そうなるにはそうなるだけの、理由があるはずだった。その理由がはっきりしないところが気味悪かった。

益吉と話してみてわかったのは、一手販売には反対だと、たとえ相手が兼蔵にしろほかに洩らしたのはまずかったということである。組仲間を牛耳る大店連中は、今度の武蔵国三郡の紙の一手問屋扱いに、なみなみならず力を入れているようである。それには、新兵衛などにはまだわかっていない、隠れた事情があることも考えられた。

新兵衛の反対意見は、その隠された禁忌の部分に触れて、大店の連中の怒りを買ったということかも知れなかった。

――しかし……。

それならそうと、益吉などより先に、おれを呼ぶべきだと新兵衛は思った。

二月の寄合いの席で須川屋が打ち出したのは、直取引の一手販売。つまり紙商いの仕組みから仲買いを一切しめ出す案だったのである。だが、益吉の話によると、その後いくらか方針がゆるんで、仲買いが生き残る道も考えようというふうに変ったようでもある。

そういう中身のことも話してくれれば、あながち反対というわけでもないのだ。もともと声を大にして反対を叫ぶつもりはなく、仲間の大勢に逆らうつもりなど毛頭なかったのだから、と新兵衛は思う。そういう相談もなにもなしに、一方的に悪者にされている薄気味の悪さが、心につきまとって来る。

――ま、一度……。

兼蔵を呼んで、事情をたしかめることだと新兵衛は思いながら、日本橋にさしかかった。

そのとき、何気なく右手の晒《さら》し小屋に眼をやった新兵衛は、ぎょっとして眼をみはった。青竹で囲んだ菰葺《こもぶ》きの晒し小屋の中に、あきらかに心中の仕そこないと思われる男女がいたが、その二人がすでに若くはない男と女であることに、胸を衝かれたのである。

昼すぎに一度、この前を通りすぎたわけだが、そのときは胸に百両の金包みを抱えていて気がせいていたのだろう。気づかなかったのだ。

男はちょうど新兵衛ほどの齢に見えた。髪は新兵衛よりもっと白く、小屋にさしこむ西日に半白の髪が光っている。面長の品のいい男だった。そして女はどことなくおこうに似ていた。齢ごろもふっくらとした頬のあたりも似ている。

女の丸い膝頭と、うつむいた頬に垂れるおくれ毛を眼におさめると、新兵衛はいそぎ足にその前を通りすぎた。小屋のそばに、罪状を記した捨札が立っていたが、その文字を読む勇気はなかった。胸が高鳴っていた。一歩間違えばあれだぞ、と新兵衛は思った。晒し小屋の中の二人が、まるで自分とおこうの行末を示しているように思われたのである。

人ごみをわけるようにして橋を渡り終ったあとも、いま見た二人の姿が脳裏にちらついた。品のいい顔を、観念したようにうつむけて、凝然と坐っていた男。そして青ざめた顔をしているものの、どことなく生ぐさい精気にあふれているようにも見えた女。

どういう事情の男と女だったのかと、そのときになって思い返したとき、頭の中にふと思いがけないものがひらめいた。

——丸子屋……。

問屋仲間の一手販売をまとめようとしている動きの中に、丸子屋由之助がいることはわかっていた。須川屋と森田屋に気を取られて、ついうっかりしていたが、兼蔵の話によると、丸子屋こそその計画の中心人物なのである。

もし、と新兵衛は思った。

森田屋の不審な割りこみが、推測したように世話役たちの一手販売のもくろみに反対の考えを洩らしたこととつながりがあるとすれば、それは森田屋の一存ではなく、世話役合議の上のいやがらせに違いない。そして、その中には当然、おこうの夫の意見も入っているのだ。

だが、いま新兵衛の頭にひらめいたのは、そういう順序立てた考えではなかった。正体不明の、一連の大店による圧迫の背後に、丸子屋の差し金があるのではないかと、ふとそういう気がしたのである。

もしそういうことがあるとすれば、理由はただひとつしかなかった。塙屋彦助の始末をつければ終りだと思ったおこうとのいきさつが、おこうの夫に洩れているということである。丸子屋に憎まれているということなのだ。

——まさか……。

新兵衛はにが笑いした。いくら彦助でも、一方で丸子屋に耳打ちし、一方で脅しをかけて来るということは考えられなかった。彦助は金を脅し取るのに必死だったのである。心中をしくじった中年者の男女を見たせいで、妄想に取り憑《つ》かれたらしいと思った。

店にもどると、番頭の喜八が小川村の漉家《すきや》から、飛脚がとどきましたと言った。新兵衛は店にいた客に挨拶しながら、帳場に入った。喜八の言った手紙は、机の上に乗っていたが、新兵衛はすぐには手を出さずに、さりげなく店の中を見回した。益吉の店ほどではなかったが、けっこう客が来ていて、喜八や手代の倉吉を相手に、熱心に品物を見ながら商談をかわしている。小僧の安吉に案内されて、品物を見に倉の中まで入って行く客もいた。

倅の幸助の姿が見えないのが、一点心に影を投げかけて来るものの、小野屋の商いはつつがなくいとなまれていた。新兵衛はほっとして、厳重に封をしてある手紙をひろげた。

手紙は仁左衛門からだった。読んでいる中に、新兵衛はせっかくほっとした気分が、また沈みこむのを感じた。新兵衛は眉をひそめた。

仁左衛門は、厄介なことを書いていた。一手販売のことが漉家側に洩れて、村がさわぎはじめていることは、この前兼蔵から聞いたが、仁左衛門はそのことに触れて、村ではそのことで集まりが開かれたと書いていた。

そして新兵衛に、問屋側のくわしい事情を知らせてくれともとめているのはいいとして、漉家の集まりの席で、仁左衛門らが新兵衛から資金をもらって特別契約の紙を漉いていることが取り上げられ、一手販売が事実なら、問屋の小野屋とは縁を切るべきだと非難されたと記していた。

予想されたことだが、むつかしいことが持ち上がったと、新兵衛は思った。

凝視

一

益吉との話の中で、新兵衛はいずれ自分にも、世話役たちから呼び出しが来るだろうと言ったのだが、その日は意外に早く、益吉に会ってから三日後に来た。

使いは須川屋の手代だった。その手代は、何度かとくい先で顔を合わせたことがある男で、惣六という名前だということも、新兵衛は知っている。惣六本人とは、ほんの挨拶程度の言葉をかわした記憶しかないのだから、その名前はとくい先ででも聞いたのだろう。

奉公人は、それぞれに奉公先である主家の匂いというか色というか、そういうものが身についていて、それはちょっとした身ごなしとか話しぶりの中に、はっきりと現われる。小野屋と鶴来屋の奉公人は、新兵衛と益吉が違うようにやはり色あいが違っているし、その鶴来屋と須川屋の奉公人も、また違うのである。

惣六は、いかにも須川屋の奉公人らしい、隙のない口をきく男だった。

根回しか何かは知らないが、いくら仲間の世話役といっても、同業を呼びつけるのは少少いばったやり方ではないか、と新兵衛は思っていた。益吉は使いをもらうとすぐにとんでいったようだが、こちらにも商いの都合というものがある。場合によっては一日ぐらい、先方を待たせたっていいのだ。

そう思っていたのだが、惣六はまるでこちらの腹の内を見すかしたような口をきいた。

「ご商売の都合もございましょうが……」

のっけから揉み手でそう言い、こぼれるような笑顔を新兵衛にむけた。

「なにせ大事の相談事だそうでございまして、はい。ぜひにおいでくださるようにお願いして来いと、主人に言いつかって参りましたので。おいそがしいところを申し訳ございません。ほんの一刻ばかり、おひまを頂戴出来ませんでしょうか」

出来ないとは、新兵衛も言えなかった。こちらも笑顔で承知し、惣六の使いをねぎらうしかなかった。それに、どうせ一度は呼び出しに応じなければならないのである。

約束の時間は八ツ半（午後三時）だった。馬喰町の須川屋の店先は、荷おろしの馬で混雑していた。新兵衛が入りかねて、紙荷をはこび入れている男たちを眺めていると、店から惣六がとび出して来て、新兵衛を家の中にみちびき入れた。

須川屋の奥は広かった。茶の間の前を通りすぎて、奥の客座敷に通じる外廊下に出ると、そこは広広とした築山《つきやま》を持つ庭で、色あざやかに咲きみだれる躑躅《つつじ》の群落が眼にとびこんで来た。築山の奥には森のような巨木が影をつくり、池には、回遊する魚の一群が見えた。そこまで行くと、表の物音は聞こえなくなった。

そして、かわりに奥の部屋で男たちがどっと笑うのが聞こえた。

笑い声はしかし、新兵衛と惣六がその部屋に近づくと、ぴたりとやんだ。二人の足音は小さかったが、部屋の障子に築山の木立の間から射しこむ日があたっていて、そこに人影が映ったのを見たのだろう。

沈黙した部屋は、新兵衛の胸にかすかな不安を呼び起こしたが、廊下にうずくまった惣六が声をかけると、無造作に障子がひらいた。顔を出したのは須川屋である。

「やあ、小野屋さん。ごくろうさん」

須川屋は六尺近い大男で、とび出した頰骨に大きな口と眼尻の切れ上がった馬のような眼を持つ、異相の持ち主である。その顔に、須川屋はぎごちない微笑をうかべた。

「さあ、入ってください」

と言った声も、人足のようながらがら声だった。

「いそがしいところをお呼び立てして、相済みませんな」

「いえ、お気遣いなく」

新兵衛は小腰をかがめて部屋に入った。中には須川屋のほかに二人の男がいた。森田屋の姿はなく、かわりに床の間を背負って万亀堂と山科屋宗右衛門がいた。そしてほかにもう一人、二人の左手に坐って横顔をみせている、新兵衛がはじめてみる男がいた。

新兵衛より年若い、細おもての物静かな感じのその男が、丸子屋に違いなかった。新兵衛の胸が緊張に固くなった。今日の会合に、丸子屋が加わっているだろうことは、みちみち予想しながら来たことである。

――仕方あるものか。

と新兵衛は思ったのだ。丸子屋と顔を合わせることには、ぞっとするほどの不快感があったが、しかしおこうと心を通わせ合ったことは事実だとしても、まだひとに指さされる間違いを犯したわけではない。

そこまで踏みこむかどうかは、まだ胸三寸のうちにある、と新兵衛は思っていた。心を通わせたといっても、おこうに便りさえしなければ、つながりは切れて、ささやかな情事はただの忘れがたい思い出というものに変るのである。そうしろと、四十六の分別がささやきかけ、いまのところ新兵衛はそのささやきにしたがっていた。

それだけのことに過ぎないと、度胸を決めて来たのだが、眼の前におこうの夫の姿を見ると、やはり心は波立った。動揺する気持の中にはあきらかな恐怖心がまじっていて、一手販売の話の根回しというのは口実で、今日おれを呼び出したのは、おこうとのつながりを糾弾するためではないかと、一瞬埒《らち》もない想像が胸をかすめたほどだった。

だが、むろん部屋の中の男たちが、そんな用で、新兵衛を呼び出したわけではなかろう。

「山科屋さん、おひさしぶりです」

動揺する気持をおし殺して、新兵衛は山科屋に微笑をむけながら挨拶した。

「お変りもなくて、なによりです」

「あんたもご商売がうまくいってるそうで、けっこうですな」

小柄な山科屋が、老舗の旦那らしいやわらかな口調で答えた。山科屋宗右衛門は、新兵衛が問屋仲間に加わったときに世話役をしていて、新兵衛の加入に手を貸してくれた人である。

紙問屋の仲間は四十七軒に制限され、それ以上の新規加入と仲間株の譲渡を、法で禁じられていた。といっても、その法は上から押しつけられたわけではなく、問屋側が幕府に冥加金を納めるかわりに、法で問屋営業の独占権を認めてもらったのである。

その法によって、たとえば新兵衛のように、仲買いから紙商いに入った者が勝手に問屋を名乗ったり、問屋商売をはじめたりする道は閉ざされているわけだが、事実は法にも抜け道があった。

問屋仲間の中にも、廃業してほかの商いに転じたり、あるいは商売に行き詰まって破産したりする者がいる。その場合は禁じられている問屋株がひそかに売買されて、新規の商人が仲間に加わることが出来た。それでも、四十七軒という制限軒数は変らないので、建て前としての法は守られると解釈するのである。

ただし、数年に一軒乃至二軒といった問屋仲間交替の機会には、ひそかに問屋株の取得を狙っていた商人たちが殺到する。仲買いでかなりの資力をたくわえていた新兵衛もその一人だった。

問屋株を手中にして仲間に加わるために、男たちは熾烈《しれつ》な争いを繰りひろげた。狙われるのは仲間を牛耳る世話役たちであり、奉行所の係り役人だった。表には出せない金が動き、誰それは世話役を料理屋で接待したとか、誰それは金では不足だとみて、女を用意したとかいうわさがささやかれたりした。

新兵衛はそのときに、もとの奉公先である治吉に口をきいてもらって、世話役の山科屋を頼ったのである。

山科屋宗右衛門は、料理屋でもてなせの、女を抱かせろのということは言わなかった。ただ金の遣い先をこまかく指示した。そして金さえ持って行けば、新兵衛が余分の口上を言わなくとも済むだけの手配をしてくれたのである。山科屋の指示は適切で、新兵衛はそのときに暗躍した数人の同業を押さえて、首尾よく仲間に加わることが出来たのだった。

ただし山科屋は、新兵衛がさし出した多額の謝礼金も遠慮なく受け取った。商人らしい割り切ったやり方で、新兵衛は、おまえさんに同情したわけじゃなくてこれも商いのうちだよ、と言われた気がしたのだが、それでもやはり山科屋を徳とする気持は変らなかった。

その気持はあっても、新兵衛はその後とくに山科屋に近づくことはしていない。山科屋とのことは、あくまでも裏取引だったのである。

山科屋に会うのはひさしぶりだった。そしてこの席にいる山科屋宗右衛門が、はたして自分の味方なのかどうかもわからなかったが、ほかの三人が敵であることがはっきりしているだけに、新兵衛は目の前にいる山科屋の柔和な顔に、幾分救われた気がしている。

二

新兵衛と山科屋が、二、三の世間話をかわしている間に、女中が来て先客のお茶を換え、新兵衛にもお茶をすすめて去った。

「さて、ではばじめましょうか」

と須川屋が言った。須川屋は床の間にいる万亀堂と山科屋の右側に坐り、ちょうど丸子屋とむかい合う位置に座を占めている。また強い緊張感が、新兵衛を襲って来た。

——お白洲か。

と思った。益吉が言った言葉を思い出し、そう言えば形はお白洲に似ているという気がした。これから糾問に会うわけだ、と思ったとき、正面の万亀堂が口をひらいた。

「小野屋さんは……」

顔も、膝の上に置いた手も丸丸と太っている万亀堂は、いつも笑っているようにみえる眼尻の垂れた顔を新兵衛にむけて、意外なことを言った。

「小川村の仁左衛門という漉家と、懇意にしていなさるそうですな?」

「はい」

新兵衛は、いくらか不意を衝かれた気持で万亀堂を見返した。

「それが何か？」

「おつき合いの中身を聞かせてもらえますかな？」

そう言うと、万亀堂は今度は本当に笑った。眼が細くなり、顔がお盆のように丸くなった。

「中身と言っても……」

新兵衛は当惑して眼を伏せた。仁左衛門には金を出して、紙質に細かい注文をつけている。それが何か、仲間にとって具合が悪いことにでもなるのだろうか。

「紙質にいろいろとこちらの注文を出し、仕上がりを吟味してもらっています。それについては、先方が余分の手間をかけることにもなりますので、多少の労賃を支払っていると、ま、そんなことですが……」

と言ってから新兵衛は、のっけから糾問に会っているようなこの場の空気に、むくりと腹が立つのを感じた。しかし、声を押さえて問い返した。

「それが、何か仲間のみなさんに、ご迷惑でもおかけしていると……」

「いや、いや。そういうわけじゃありません」

万亀堂の顔がいっそう丸くなった。だが細められた眼は、またたきもせずに新兵衛にむけられている。

「仁左衛門とのつき合いは、それだけですかな？」

「ええ、それだけです」

「近ごろ、手紙をやりとりしたことは？」

「手紙？」

反問したが、新兵衛にはぴんと来た。万亀堂は、三日前に小川村からとどいたあの手紙のことを言っているのだ。

——だが……。

そんなことがどこから世話役たちに洩れているのだろう、と新兵衛は思った。うそ寒いものが背筋を走り抜けた。一瞬だが、何か容易ならぬ罠にはめられている感じが胸をかすめたのである。

「もちろん……」

と新兵衛は言った。

「仁左衛門とはそういうつながりですから、時どき手紙のやりとりはいたしますよ。手紙だけじゃなく、わたしも小川村に参りましたし、手代をやることもあります。それが何か、不都合でも？」

「いや、いや。あたしが言っているのは、もっと近い話です。ごく最近に、そういうご商売のほかの話で、お手紙をやりとりしたことは?」

「じつはですな、小野屋さん」

咳ばらいをひとつして、横から須川屋が口をはさんだ。

「例の一手販売の話、小野屋さんはどうやらその話には反対のご様子だが……」

「反対?」

新兵衛は、須川屋の言葉をさえぎった。膝をまっすぐ須川屋に向けた。

「わたしは、みなさんにむかって反対をとなえたおぼえはありませんが……」

「ま、ま、ま」

須川屋は、大きな手のひらをあげて、新兵衛を押さえるしぐさをした。

「そのことはまた、あとの話にして、じつは一手販売の話が漉家側に洩れてしまって、まだこちらが仲間のみなさんの意見をまとめている最中だというのに、村方の方ではかなりの騒ぎになっておる」

「……」

「つまり、問屋側がそういうつもりなら、漉家の方も来春の荷出しは見合わせようじゃないかと、そういう強気の意見も出て来ているという有様になりました」

しかし須川屋は、そこで大きな口を笑いで崩した。

「なに、そんなことは出来っこありません。三郡の紙漉きは、もう百姓の冬場のひま仕事とは言えないところまで大きくなっています。ぴっかり千両と言って、お天気にさえめぐまれれば、莫大な金が村方に落ちる。紙漉きをそこまで大きくしたのは、われわれ問屋です」

問屋ばかりでなく、仲買いの商いも紙漉きをさかんにしたのだ、と新兵衛は思ったが、黙って須川屋の大きな顔を見まもった。

「漉家が、みすみす損を覚悟で荷出しを停めるなどということは、まずありっこないが、騒ぎが大きくなると、別の心配が出て来る」

「訴訟ですよ」

今度は万亀堂が口をはさんだ。

「われわれの申し込みを不服として、村方が奉行所に訴え出ることが考えられます」

「ま、そういう話がちらほらと耳に入って来るわけで、成行きはどうも芳しくない」

と言って、須川屋は、大きな眼をじっと新兵衛に据えた。

「万亀堂さんが、さっきのような話を切り出したのはですな、小野屋さん。じつはこの話が村方に洩れたのは、小野屋さんからではないかといううわさがある。つまり、あんたが漉家側の反対を煽《あお》っているのじゃないかと……」

「ちょっと待ってください」

と新兵衛は言った。怒りよりは、軽い恐怖心にとらえられている。

「いったい、誰がそんなことを言ったのですか？」

「さあ、それはまだ言えませんな」

須川屋は、新兵衛の質問を一蹴《いっしゅう》した。

「それは言えないが、さっき万亀堂がたずねたことには、ぜひとも返事をいただかなくちゃなりませんな」

「……」

「誤解のないようにしてくださいよ、小野屋さん」

眼は新兵衛に据えたままだが、須川屋は口辺に笑いをうかべた。

「わたしらは、この席であんたを締め上げようとしているわけじゃない。世話役という役目柄、どうしても聞かなくてはならないことなので、こうしてお訊ねしているわけです」

「紙の話のほかのことで、つまり今度の一件のことでという意味ですが……」

新兵衛は慎重な口調で答えた。かけられている疑いは尋常なものではなかった。そのままに受け取れば、それは仲間を裏切っているということである。その疑いは、何としても晴らさねばならないのだ。

「そのことで仁左衛門から手紙をもらったのは、三日前です」

「三日前？」

須川屋は、すばやく他の三人と顔を見合わせた。それから眼をまた新兵衛にもどした。

「それは、小野屋さん。あんたがやった手紙に対する返事ですかな？」

「いえ、違います」

と新兵衛は言った。

「わたしは、一手販売などということで、仁左衛門に手紙を出したことはありません。仁左衛門も、三日前のその手紙で、はじめてそのことを訊ねて来たのです」

「失礼だが手紙の中身をお聞かせ願えますか？」

「手紙の中身などというものは、やたらにほかに洩らすものじゃあるまいと思いますが……」

新兵衛は思わず皮肉な口調になって、須川屋を見返した。

「この際ですから、申し上げましょう」

「ぜひともお聞かせねがいたいものですな、小野屋さん」

須川屋は、新兵衛の反発を敏感に読み取ったらしい。強い口調ではね返して来た。

「おわかりだろうが、われわれも役目柄、この話の真偽はとことん突きとめなければばなりませんのでね」

「わかりました。申し上げましょう」

と新兵衛は言った。須川屋の言葉にふくまれているひややかな敵意に、胸をひと撫でされたような不快さを感じ、さっきから胸の中に蟠《わだかま》っている、不当な扱いを受けているという気持が、またむくりと顔を持ち上げた。

だが新兵衛は、その憤懣《ふんまん》を押さえつけた。つとめて平静な口調で言った。

「手紙には、お話に出た一手販売のことで漉家が寄合いをひらいたこと。その席上で、問屋側がそういうことを考えているのなら、ウチとの特別契約などというものは切るべきだと、仁左衛門が非難されたと書いてありました」

「漉家は、もうわれわれを敵とみているのです」

と万亀堂が口をはさんだ。須川屋に話しかけたのだった。

「ほかには、問屋の方の話はどこまですすんでいるのか、知らせて欲しいと。ま、そんな中身の手紙でした。お疑いなら、その手紙は後で須川屋さんにとどけて、ごらん頂いてもいいですよ」

「そうしてもらいますかな」

まさかと思ったのに、須川屋は間髪をいれずそう言った。

「そこまでは、しなくともいいのじゃないですか」

不意に口をはさんだのは、それまで黙ってやりとりを聞いていた山科屋だった。山科屋は、穏やかな眼を隣の万亀堂にむけ、さらに丸子屋と思われる男から須川屋へと視線を移した。

「いまの小野屋さんのお話で、疑いは晴れたとあたしは思いますがね。大体が小野屋さんは、陰に回ってひとを煽ったりするようなお人柄じゃありませんよ」

敵か味方かと思った山科屋は、はっきりと新兵衛の肩を持った言い方をした。すると万亀堂や須川屋には、山科屋との古いつながりは知られていないのだ、と新兵衛は思った。

この席に山科屋がいるのは、今は欠席している森田屋重右衛門のかわりに、長年仲間行事を勤めた、いわば世話役の中の長老格として呼んだということだろう。自分の味方だと知ったら呼ばなかったかも知れない、と新兵衛は思った。ほっとした。

「しかし、手紙の一件は……」

いくらか遠慮した顔色で、須川屋が言った。

「なにせ肝心のことですから。小野屋さんには失礼だが、こういうことは、やはりはっきりさせませんと」

「わたしの方はかまいません」

味方とわかった山科屋に顔をむけながら、新兵衛は言った。

「どうにも心外な疑いをかけられているようで、このままではわたしも気が済みません。手紙を見てもらって、そのあたりのもやもやに決まりがつくものなら、ごらん頂く方がいいようです」

「では、そうさせてもらいましょう」

須川屋が、やや横柄な口ぶりでそう言い、山科屋も小さくうなずいた。

では、この件はそういうことにして、と須川屋が言葉をつづけた。新兵衛に対する糾問はそれで終ったわけではなく、まだ何かある気配だった。新兵衛は、再び四人の男に見つめられるのを感じた。

「話を元にもどしますがね」

と須川屋は言った。

「一手販売の話は、この秋の寄合いにかけてみなさんのご賛成をもらい、そのあとで書付けにまとめます。その上で、おそくとも年内には、問屋側の意向として三郡の漉家に申し込みをしたい。世話役としては、そういう段取りで動いているのですが……」

須川屋はひと息入れてから、言った。

「その段取りに横槍をいれられては困るのですよ」

「横槍？」

その露骨な言い方に、新兵衛は胸を衝かれて問い返した。

「わたしが横槍をいれているというのですか？」

「違いますかな？　小野屋さんはきつい反対だというう わさが、耳に入って来ているのですがね」

須川屋は、また口辺に笑いをうかべた。新兵衛は注意深くほかの三人にも眼をくばった。

万亀堂は、須川屋と同じように、顔にうす笑いをうかべていた。山科屋は困惑したように眉をひそめ、丸子屋と思われる細おもての男は無表情に新兵衛を見つめている。罠にかけた獣を見るような、微塵の同情も感じられないひややかな凝視だった。

「さっきも申しましたように、わたしはみなさんにむかって反対をとなえたことはありません」

「しかし、それは面とむかって言わなかったというだけでしょ？」

「待ってください」

新兵衛は鋭く万亀堂の言葉をさえぎった。身体の中に、不意に仲買いから問屋に切りかわる機会を狙っていたころの、はげしい気力が甦《よみがえ》って来たのを感じた。

何かは知らないが、この話の裏には画策が匂う。罠のごときものが、苦労してつかみ取った問屋の地位から、このおれを引きずりおろそうとしているようでもある。

そんなものに負けてたまるか、と新兵衛は思った。

「わたしは、とり立てて反対をとなえたおぼえも、横槍をいれたおぼえもありませんが、そう思われているなら弁明が必要でしょうな」

新兵衛は、膝をまっすぐに須川屋にむけた。

「その前に、二、三たしかめたいことがありますが、ようござんすか？」

「どうぞ」

須川屋がこころもち、あごを上げるようにして答えた。傲岸《ごうがん》な顔になっている。

新兵衛はかまわずに言った。

「いまは一手販売、一手販売とおっしゃっていますが、春先の寄合いの時のお話は、そうではなかったとおぼえています。ちがいますか？」

「さて、どういうことですかな？」

須川屋は、何を言い出すかと用心するような顔で新兵衛を見た。

「そのときの須川屋さんのお話では、直取引、一手販売ということでした。間違いありませんね」

「ああ、そのことですか？」

須川屋は表情をゆるめた。

「そのとおりですよ。ただそのあと、仕入れまで問屋がひとり占めするのはどんなものかという意見が出て来て、一手販売ということにしぼりました」

「わかりました。では、いまひとつうかがいます」

「ちょっと待ちなさい、小野屋さん」

と須川屋は新兵衛を制した。

「途中で方針が変るのはけしからんと言われるかも知れませんが、今度の漉家側に対する申し込みの狙いは、ご存じのように相場の維持です。販売を押さえれば、狙いは達せられます。いいですな？　その点は。ではどうぞ」

「もうひとつ」

新兵衛は、須川屋から万亀堂に眼を移した。

「わたくしが、今度の仲間の相談ごとに反対だとわかったら、どうなさるおつもりですか？」

「……………」

「仲間からはずすおつもりでもありますかな？」

万亀堂はうろたえた顔をしたが、何も言わなかった。須川屋はむっつりした顔で新兵衛を見つめていたが、こちらはやがて重重しく口をひらいた。

「ま、大事の方針にあくまで反対ということになれば、あなたのことを寄合いにかけることになるかも知れませんな。そうなれば、問屋名簿からはずすことは出来ないにしても、仲間づきあいは遠慮していただくということになるでしょうな、多分」

「なるほど」

「それが当然の成行きというものじゃないですか、小野屋さん」

仲間づき合いからはずされれば、早晩商いは行きづまり、やがて小野屋は潰れるということである。須川屋の言葉は恫喝《どうかつ》に似ていた。

三

予想したとおりだった、と新兵衛は思った。山科屋はともかく、新兵衛を糾問の場に呼び出した世話役たちの腹づもりは、そういうものだったようである。

新兵衛は、一瞬顔から血の気がひくのを感じたが、気力をふるい起こして背筋をのばした。

「では、申し上げましょう」

「……」

「さっき須川屋さんは、仕入れまで問屋がひとり占めするのはどうかという意見があったと言われましたが、私の考えも、およそは似たようなものです」

須川屋は疑わしげな眼で、新兵衛を見つめている。新兵衛はかまわずにつづけた。

「ご承知のように、わたくしは仲買いから問屋仲間に加えてもらった者です。だから紙商いから仲買い取引を一切排除する須川屋さんのご提案には、人情として賛成しかねたのは本当です。それに、大店のみなさんとは違って、わたしどものように手薄な商人は、実際のところ仲買いがいなくては商いに差し障りが出て来るのです」

「それで反対というわけですか？」

と万亀堂が眼をほそめて言った。その顔を新兵衛は強い視線で見返した。

「それはわたし個人の考えです。仲間の相談がすすみ、大勢が仲買い抜きと決まれば、仲間の一人として決まりにはしたがわなければならないと思っていました」

「そうですかね？　わたしの耳にはあくまで反対、一人でもがんばるというふうなうわさがとどいているのですがね」

須川屋が皮肉な口調で言ったが、新兵衛はかまわずにつづけた。

「わたしは事実を申し上げていますよ、須川屋さん。反対、反対とおっしゃいますが、わたしの反対はその程度のことです。まして、お話のように情勢が変って、仲買いが生きのびる道も残すということになったいまは、声を大にして異をとなえる気持など、毛頭ありません」

「……」

「それにしても不思議なのは、まるでわたしが反対の音頭でもとっているような、大げさなそのうわさが、どちらからみなさんのお耳にとどいたかということです。神かけて誓いますが、わたしはたしかに、二、三のひととの内輪話で反対だということを申しました。しかし大声でわめいたり、触れ回ってひとを煽ったりしたおぼえはありませんよ。横槍をいれたなどと言われては迷惑です」

新兵衛は一気に言って、万亀堂と須川屋に鋭い眼をそそいだ。

「おさしつかえなければ、わたしを反対の音頭取りに仕立てたそのうわさが、いったいどちらからみなさんのお耳に入ったか、お洩らしねがいたいものです」

「それは……」

と言って、須川屋はすばやく万亀堂と眼を見かわした。万亀堂は丸子屋を見た。丸子屋と須川屋も顔を見合わせてうなずき合ったが、山科屋は除外されていた。あわただしい目くばせが終ると、須川屋が幅広い胸をそらせて言った。

「そのことは、いまお聞かせしてはまずいでしょうな。いずれ事が片づいたらお話しますよ、小野屋さん。それはそれとして……」

須川屋は粘っこい口調で反撃して来た。

「小野屋さんはそうおっしゃるが、寄合いの席にその話が出て来たら潰してやるというのは……」

「ちょっと、待ちなさい」

山科屋が、めずらしく険しい声を出して須川屋をさえぎった。

「あんた、また同じ話を蒸し返すつもりじゃないでしょうな、須川屋さん」

「……」

須川屋は、口をつぐんで気まずそうに山科屋を見た。その須川屋を、山科屋宗右衛門はまっすぐ見つめている。

「この席に来て、あなた方の話を聞いた。そしていま、小野屋さんの釈明も聞いたわけだが、あたしは、小野屋さんは正直のことを話したと思う」

そう言ってから、山科屋は今度は新兵衛に話しかけて来た。

「あんたはさっき、一手販売には反対だということを、二、三のひとに話したと言いましたな？」

「はい」

「それはどういうひとですかな？　さしつかえなければお聞きしたいが……」

「べつに隠すほどのことでもありませんから、かまわないと思います」

新兵衛は、少しためらってから言った。

「鶴来屋と仲買いの兼蔵です」

「二人だけ」

「ええ、二人だけです」

「それじゃ内輪の話じゃないか。ひとを煽ったの何のと騒ぐほどのことじゃありません」

山科屋は、少し不機嫌な顔でほかの三人を見回した。

「小野屋さんを、無罪放免にして上げたらどうですかな?」

「……」

「一手販売というのは、あたしだってそこまでしなくてもいいじゃないかと思ったぐらいでね。仲間うちにもいろんな考えがあって当然。論議をつくすべきです。無理押しはいけませんよ」

山科屋のその言葉が、その場をしめくくった形になって、新兵衛は間もなく居心地のわるいその部屋から出された。

四

客で混雑している須川屋の店を手代の惣六に送られて出ると、沈みかけている日が新兵衛を照らした。店の中は混んでいたが、店先の荷馬は姿を消していた。須川屋を出てしばらく歩いたところで、新兵衛は立ちどまった。

日暮れ近い道はひとが混んでいて、不意に立ちどまったので新兵衛は後から来た者に踵《かかと》を踏まれた。

「おや、ごめんなさい」

新兵衛があやまると、踵を踏んづけた職人ふうの男は、けげんそうに新兵衛の顔をのぞいて、通りすぎて行った。

兼蔵の家に寄って行こうかと思ったのである。仲買いの兼蔵の家は村松町にある。いま立っている道の先を、浜町堀の河岸に折れて行く方が近かった。

だが立ちどまって思案したのは、歩き出してみてひどく疲れているのに気づいたせいでもある。

須川屋の奥にいたのは一刻（二時間）ほどだったろう。その間少しも気をゆるせない問答をかわした疲れが、外に出たとたんにどっと噴き出して来たようだった。足に、変に力が籠らない感じで、その上軽い目まいがするようでもある。そのくせ、肩は石を乗せたように重かった。

駕籠をひろって、家にもどるのが利口なようだと思ったが、ここまで来たついでだから、やはり兼蔵をたずねようかとも迷う。

——しかし、兼蔵に会うなら……。

なるべく早くした方がいいのだ、と新兵衛はようやく決心をつけた。人ごみの中を馬喰町一丁目の角にむかって歩き出した。

一手販売に反対して、一人でもがんばると言っているというわさ。瀧家側の反対を煽っているという、より悪質なうわさ。どちらも根拠のない誇大なうわさだったが、新兵衛はそのなかに、自分を陥れるために仕掛けられた、罠のようなものがあるのを感じないではいられない。

はじめから終りまで、ひとことも口をはさまず、ただひややかに自分を見つめていた丸子屋と思われる男のことを、新兵衛は思い出している。その眼を思い出すと、山科屋の言葉で一応は追及の矛《ほこ》をおさめたものの、ほかの三人が、はたして自分の言ったことを受けいれたかどうかは怪しいと思われて来る。山科屋を呼んだのはあの三人の誤算で、事実はもっときびしく追及するつもりだったかも知れない。

それにしても、新兵衛が一手販売に反対していることや、小川村の仁左衛門とつながっていることなどが、一体どこから洩れたのかをたしかめる必要があった。そうすれば、あの誇大なうわさを世話役たちの耳に吹きこんだ者の正体も、わかって来るだろう。

洩れた先は、兼蔵ではないかと新兵衛は疑っている。だが、それを悪質なうわさに仕立て上げたのは、兼蔵ではなかろう。兼蔵に会えば、そのことが、はっきりする。

そう思ったとき、新兵衛は不意に眼の前の河岸の風景が、大きく傾いたのを感じた。

傾いたまま、風景は暗くなった。風景と一緒に身体も傾いて、新兵衛は左肩のあたりから地面へむかって、身体がぐいぐいとひっぱられるような不快な感覚に襲われている。その感覚に抗《あらが》って無理に身体を立て直そうとすると、吐き気がして全身に汗が噴き出た。

立っていられなくて、新兵衛は地面にうずくまったが、それでも身体が傾いたまま一方にひっぱられる感覚はつづいている。無限に傾いて、左肩から身体が地面にめりこんで行くのではないかと思うほどだった。

新兵衛は恐怖に駆られた。その恐怖に呼び起こされたように、心ノ臓がはげしく鳴り出した。心ノ臓は、おどろくほど速く高く鳴りひびいて、どっどっと鳴る音が耳までひびいた。新兵衛は息苦しくなった。

もがくようにして立ち上がろうとしたが、身体はまだ傾いたままで、視界はほの暗かった。その中を、影のような人影が通りすぎて行く。だが立ちどまって声をかけて来る者はいなかった。新兵衛は追いつめられ、叫び声を挙げそうになった。どなたか、助けてくれませんか。

「どうしたい？　じいさん」

不意に頭の上で若若しい声がした。すぐに黒い人影が前にしゃがみこみ、新兵衛はがっしりした手で両肩をつかまれたのを感じた。身体が傾く感覚が、それでとまった。

ほっとしたとき、発作はおさまっていた。

「ぐあいでも悪いかね？」

新兵衛は、自分の顔をのぞきこんでいる男を見た。二十前後のごく若い男だった。腹がけ、半纏《はんてん》の職人姿にきりっと装った若い男は、指の長い大きな手で、まだ新兵衛の肩をささえていた。

「目まいがしましてな」

新兵衛は男を見、明るさを取りもどしたあたりの風景を見回した。そこは浜町堀の岸辺で、岸の草むらにも堀の水面にも、町の上を斜めにすべって来る夕日の光がきらめき宿っている。新鮮な景色に見えた。

悪夢を見終った思いで、新兵衛は男に眼をもどした。

「助かりました。いや、眼の前が急にまっくらになりましてな。動けなくなっていたところでした。ありがとう」

「しゃがんで、ふらふら揺れてるからよ」

男は快活に言い、白い歯をみせて笑った。

「堀にすべり落ちたら大変だと思って、声をかけたんだ」

「あの、どなたさんでしょうか」

「そんなことはいいよ。通りすがりの者だ」

男は言い、新兵衛が立ち上がるのにも手を貸した。

「どこまで行くんだね、じいさん」

「すぐそこの村松町です」

「送って行こう。まだ顔色が青いぜ」

と男は言った。親切な若者だった。

若い職人に送られて、新兵衛は兼蔵の家の前までたどりついた。そこでもう一度あらためて礼を言い、何とか相手の名前と住所を聞き出そうとしたが、男はテレたように首を振って言わなかった。

それではと、手早く包んだ一分銀を渡そうとしたけれども、男はそれも受け取らなかった。

「大げさなことをしなさんな。礼をもらうほどのことはしてねえよ」

若い職人は、そう言うと手をあげて帰って行った。男の姿が、一たん日があたっている岸の道に出て、それから不意に角を曲って消えるのを新兵衛は見送った。

五

兼蔵の家は短い紺のれんがさがっているだけで看板はなく、ただ店先に枯れた葉がくっついている竹が立っていることで、どうにか紙商いとわかるだけだった。踏みこんだ店の中は少しうす暗くて、ひとの気配もなくしんとしている。

だが、新兵衛が訪《おとな》いの声をかけると、奥の方で元気のいい返事が聞こえ、いそぎ足に兼蔵の女房が出て来た。

「おや、旦那さんどうしました？」

兼蔵の女房は、家の中にいて眼が馴れているのか、うす暗い光の中でも、ひと眼で新兵衛の異常を見てとったようだった。挨拶抜きでいきなりそう言うと、顔をのぞきこんで来た。

「お顔のいろが悪いようですけど、どっかおぐあいでも……」

「ともかく坐らせておくれ」

新兵衛は崩れるように、店の板の間に腰をおろした。兼蔵の女房は、水仕事をしていたらしい濡れた手を、手早く前垂れで拭きながら、新兵衛に手をのばして来た。

「そんなところに坐っちゃ。上がってひと休みなさいまし」

「なに、いいんだ。この方が楽だ」

そのときになって、新兵衛はひどく喉が乾いているのに気づいた。

「おとしさん、お水を一杯くれないか」

「お水ですか？　いま、お茶をさし上げますけど」

「いやいや、まずお水を」

新兵衛が言うと、兼蔵の女房は小走りに奥にひっこみ、茶碗にいれた水を持って来た。その水を、新兵衛が息もつかずに飲むのを、兼蔵の女房は、膝をついたまま心配そうに見守っている。

「大丈夫ですか？」

「ああ、大丈夫。やっと人心地がついた」

と新兵衛は言った。実際に目まいは消えて、あれほど騒いだ心ノ臓も静まり、新兵衛はやっとふだんの自分を取りもどしたのを感じた。

「おとしさん、わたしも齢だよ」

新兵衛は丸顔の兼蔵の女房に笑いかけた。

「須川屋からここに来る途中、そこの河岸の道で急に気分が悪くなってね」

新兵衛が、河岸の道で倒れそうになり、若い男に助けられてやっとたどりついた話を聞かせると、兼蔵の女房おとしは眼を丸くした。

「まあ、まあ、どうしたことでしょうね。少しお疲れになっているんじゃないですか」

「そうかも知れないね」

と言ったが、新兵衛には理由がわかっていた。理不尽な言いがかりとも言える、須川屋の奥座敷で行なわれた訊問を、自分では落ちついてさばいたつもりだったが、事実は追及を切り抜けるために精根を使い果たしたのだ。

「茶の間で一服なさいまし」

と女房がすすめた。

「お顔のいろも直って来たようですよ」

「いや、そうしてもいられないのだ」

新兵衛は、日暮れの白っぽい光がただよいはじめた戸の外を見た。

「ご亭主に話があって来たのだが、留守のようだね」

「生憎でした」

と兼蔵の女房は言った。

「ちょっと遠くまで出かけてるんですよ」

「遠くへ？」

「ええ、秩父まで行って来ると言って出かけましたのです」

「仕入れだね」

と言ったが、新兵衛は胸に不安が兆すのを感じた。新兵衛が漉家側の反対を煽っているのではないかという須川屋の疑いは言語道断だったが、そういう事実はいくらかあって、兼蔵などが先頭に立って漉家を焚きつけているのではないかと、ふと疑ったのである。

「一手販売などという厄介なことが出て来てね」

と新兵衛は言った。

「商いがやりにくくなると、ご亭主がこぼしていませんでしたかな？」

「ええ、少しはそんなことも……」

女房はうつむいた。血色のいい丸顔がわずかに曇ったように見えた。

「話は、おとしさんも聞いてるんだね」

「ええ」

「じつはわたしが今日、須川屋に呼ばれたのもそのことでね」

「旦那さん、ちょっと待ってくださいね」

兼蔵の女房はそう言うと、身軽に腰を上げて奥にひっこんだ。そして今度はお盆に熱い茶と餅菓子をのせてはこんで来た。

「どうぞ、召し上がって」

「これはごちそうさん」

新兵衛は茶碗を手に取った。熱い茶をすすると生き返ったような気がした。

兼蔵の女房が言った。

「それで、どんなお話でした」

「わたしは一手販売反対の親玉とみられているらしくてね。ぎゅうぎゅうとしぼられましたよ」

「………」

「仲間からはずすぞと言わんばかりでした」

「まあ、それでどうなさいました?」

兼蔵の女房はもう三十を過ぎているだろうが、ひとを見るとき眼をみはるようにする癖と小さな口のせいで、かわいらしい印象をあたえる。だが実際は思慮深い女だった。考え深そうな眼で、新兵衛をじっと見た。

「どうもこうもあったもんじゃない」

新兵衛は吐き出すように言った。

「まるでわたしが反対を煽っているような言い方をされてね。もう、身を守るのに精一杯だった。降参して来たところだよ」

「そうですか」

女房は肩を落とした。

「旦那さんのお立場としては、ほかに仕方ありませんよね」

女房はそう言うと、うつむいて膝の上の手をにぎりしめた。やはり失望を隠せなかったようである。

新兵衛は、兼蔵の女房にあたえた失望の大きさを感じた。女房は多分、兼蔵から新兵衛が問屋のやり方に反対していることを聞いていたのだろう。いまの話は聞かせない方がよかったと思った。

「そのことで兼蔵と話したいことがあって来たのだが、留守では仕方ないね」

「二、三日すればもどって来ます。帰ったらすぐ旦那さんのところにうかがわせましょう」

「そうしてもらおうか。どれ、それじゃそろそろ帰らなきゃ」

新兵衛は立ち上がった。すると、兼蔵の女房がちょっと待ってください、と言ってすばやく土間に降りた。

「いま、駕籠を呼んで来ますから、お待ちになっていてくださいな」

「もう大丈夫だと思うがね」

「いいえ、いけません」

女房は断乎とした口調で言った。

「途中でまたぐあいが悪くなったら、どうしますか」

「それもそうだね。じゃ、おねがいしようか」

新兵衛が言うと、固太りのしっかりした身体つきをしている兼蔵の女房は、敏《びん》捷《しょう》な足どりで店から出て行った。

近いところに駕籠屋があるらしく、女房はじきに駕籠と一緒にもどって来た。そして新兵衛が中に乗りこむのに、甲斐がいしく手を貸した。

「さっきの話だがね、おとしさん」

駕籠に入ってから、新兵衛は中をのぞきこんでいる女房に言った。

「先行きどんなことになろうと、ご亭主の身が立たないようなことはしないから、あまり心配しなさんな」

「ありがとうございます」

駕籠が上がり、しばらく揺れているうちに、新兵衛は少し眠気が兆して来るのを感じた。そのぼんやりした頭の中を、須川屋の顔や、さっきの若者、兼蔵の女房などが通りすぎた。

——じいさんか……。

新兵衛は駕籠の中で、ふと声にならないにが笑いを洩らした。職人姿の若者が言ったことを思い出している。面とむかってじいさんと呼ばれたのははじめてだったが、あの若い男は、見たとおりに正直なことを言ったのだろう。

みじめな発作、白髪まじりの髪。若者が見たのはそれだけではなかったろう、と新兵衛は思った。家の中に抱えるもめごと、商いの上の翳《かげ》り、そして今日須川屋で会った、山科屋をのぞく三人のおえら方から寄せて来た敵意、もっと正確な言い方をすれば、得体の知れない悪意のようなもの。

そういうものとたたかっている心労は、新兵衛を自身が思っているよりももっと老けさせていて、若い男はそれを見たのだと思った。

――もう、年寄りだ。

先行きはそう長くはない、と思ったとき新兵衛は、不意に渇いた喉が水を欲しがるように、おこうに会ってみたい気持が湧き上がるのを感じた。

おこうと過ごした時は、ごく短いものだった。だがその短い時が、かぎりない安らぎに満たされていたのを新兵衛は思い出している。しなやかな指、低くやわらかい声、抱き合ったときに伝わって来た速い胸の鼓動、甘い肌の香。つとめて意識から遠ざけて来た、淡い罪のいろに彩られている記憶のひとつひとつを数えながら、新兵衛はかすかに身顫《みぶる》いした。

一瞬、商いも家も残らず投げ出して、おこうと二人だけの世界に逃げこめたら、という甘美な幻想に身を包まれた気がしたのである。ひややかな凝視をゆるめなかったおこうの夫の顔が、ちらと頭にうかんだが、なぜかあまり気にならなかった。

——とにかく……。

駕籠の中で、新兵衛は身じろぎした。一度おこうに連絡をとってみよう。しかし、ひとに怪しまれずに連絡をつけるには、どうしたらいいものだろうか。

考えにふけっているうちに、駕籠は小野屋の前についた。新兵衛が駕籠賃と心づけを渡していると、背後の店の中で不意にひとが争うような声がした。はっと振りむいた新兵衛の眼に、潜り戸から出て来た男が、あっという間に闇の中に走り去るのが見えた。新兵衛を見むきもしなかったが、幸助だった。

新兵衛が店に入ると、帳場のそばに茫然と立っていた番頭の喜八が、黙って新兵衛を見た。

「幸助かい？」

「はい」

「それで？　金を渡したのか？」

「いいえ」

それはよかった、と新兵衛はつぶやいた。だが、おこうを思ってふくらんだ気持が、みるみるみじめにしぼむのを新兵衛は感じた。

（下巻に続く）

単行本　一九八四年　文藝春秋刊
この本は一九八七年に小社より刊行された文庫の新装版です。
内容は「藤沢周平全集」第十九巻を底本としています。
DTP制作・ジェイエスキューブ

文春文庫

海《うみ》鳴《な》り 上

定価はカバーに表示してあります

2013年7月10日　新装版第1刷
2023年2月25日　　　　第5刷

著　者　藤《ふじ》沢《さわ》周《しゅう》平《へい》
発行者　大沼貴之
発行所　株式会社　文藝春秋

東京都千代田区紀尾井町 3-23　〒102-8008
TEL 03・3265・1211(代)
文藝春秋ホームページ　http://www.bunshun.co.jp

落丁、乱丁本は、お手数ですが小社製作部宛お送り下さい。送料小社負担でお取替致します。

印刷・凸版印刷　製本・加藤製本

Printed in Japan
ISBN978-4-16-719258-7

鶴岡市立 藤沢周平記念館のご案内

藤沢周平のふるさと、鶴岡・庄内。
その豊かな自然と歴史ある文化にふれ、作品を深く味わう拠点です。
数多くの作品を執筆した自宅書斎の再現、愛用品や肉筆原稿、
創作資料を展示し、藤沢周平の作品世界と生涯を紹介します。

交通案内

・庄内空港から車で約25分
・JR鶴岡駅からバスで約10分、「市役所前」下車、徒歩3分
・山形自動車道鶴岡I.C.から車で約10分

車でお越しの方は鶴岡公園周辺の公設駐車場をご利用ください。(右図「P」無料)

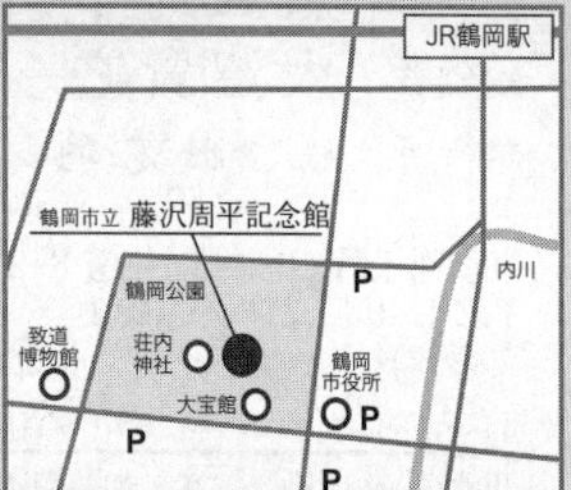